格帝亞少女
純血烙印

Goetia

06
END

暮雨
年齡：二十一歲。
個性：魔鬼上司，眼神銳利，總是一副生人勿近的樣子。
身分：時空管理局第二分局武裝科科長。
烙印：右手腕內側。沒有影子。
白火
年齡：十八歲。
個性：溫厚老實，卻很常在心裡吐槽他人。
身分：時空迷子。
烙印：左手手背上。沒有影子。

艾米爾・沃森

年齡：十六歲。
個性：溫和的模範生，實則是勞碌命、意外的毒舌。
身分：時空管理局第二分局鑑識科科員。
烙印：右手手背上。沒有影子。

安赫爾・布瑟斯

年齡：二十六歲。
個性：吊兒郎當，玩世不恭，唯恐天下不亂的享樂主義者。
身分：時空管理局第二分局局長。
烙印：右眼眼瞼下方，延伸到上眼皮。沒有影子。

諾瓦爾

年齡：二十五歲。
個性：輕浮、帶有危險氛圍的神秘青年，擁有一雙邪魅的貓眼。
身分：AEF成員。
烙印：頸部。有影子。

陸昂

年齡：二十二歲。
個性：給人狡猾狐狸印象的青年，笑裡藏刀，心狠手辣。
身分：AEF成員。
烙印：右手手背上。有影子。

路卡・伯恩

年齡：二十二歲。
個性：充滿正義感，為數稀少的正常人。總是被整的可憐蟲。
身分：時空管理局第二分局武裝科科員。
烙印：左手臂。沒有影子。

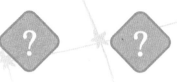

該隱

年齡：二十四歲。
個性：容貌出眾的俊美青年，好女色，自稱維持著「動態單身」。
身分：時空管理局第二分局武裝科科員。
烙印：右手手心。沒有影子。

百里

年齡：外貌年齡十六歲，實則不詳。
個性：沉穩，和藹可親的長者。
身分：時空管理局第二分局醫療科科員。異邦人。安赫爾的老師。
烙印：無。有影子。

櫻草

年齡：十三歲。
個性：脾氣火爆，性格彆扭，卻意外會照顧人。
身分：不詳。
烙印：無。有影子。

芙蕾希雅・克蘭

年齡：二十六歲。
個性：剛強豪爽的大姐，擅於照顧人。
身分：時空管理局第二分局鑑識科科員。
烙印：無。有影子。

荻深樹

年齡：二十四歲。
個性：思維異於常人的缺陷美女，喜好怪力亂神之事。
身分：時空管理局第二分局武裝科諜報組通訊官。
烙印：左手臂。沒有影子。

雪莉・米利安

年齡：十六歲。
個性：可愛甜美，只是性格上似乎有某種遺憾……？
身分：時空管理局第二分局武裝科科員。
烙印：腳踝。沒有影子。

朔月

年齡：推估三百歲以上。
個性：憨厚老實的鄰家大哥，反應遲緩。
身分：異邦龍族。時空管理局第二分局調停科科員。
烙印：無。有影子。

榭絲卡

年齡：二十三歲。

個性：性感神秘的蛇蠍美人，以玩弄男人為樂。

身分：ＡＥＦ成員。

烙印：右大腿外側。有影子。

約書亞

年齡：二十五歲。

個性：溫柔善良，滿溢著慈悲的美青年。

身分：時空管理局第二分局新任武裝科科長。

烙印：心臟。沒有影子。

尼歐・哈比森

年齡：十六歲。

個性：不帶情緒起伏，聽命行事。

身分：ＡＥＦ成員。

烙印：無。有影子。

梅菲斯・托費勒

年齡：不詳。

個性：陰晴不定，無法猜透心思，笑容下暗藏著一股瘋狂。

身分：ＡＥＦ實驗體中的領袖，聽令於溫斯頓。

烙印：不詳。

溫斯頓．沃森

年齡：不詳。

個性：冷靜沉著，講求理性，行事作風穩健。

身分：時空管理特別情報部門首腦。

烙印：無。有影子。

白隼

年齡：不詳。

個性：冷靜穩重，臨危不亂。唯獨不擅長應對小孩子。

身分：人造烙印研究員，白火的生父。

烙印：不詳。

沙利文．白

年齡：不詳。

個性：眼神總帶股憂鬱的冷漠，行事作風果斷俐落，不喜形於色。

身分：人造烙印研究員，白火的生母。

烙印：不詳。

白夜

年齡：不詳。

個性：沉靜、習慣與他人保持距離。

身分：首位實驗成功的人造純種烙印者。

烙印：不明。

Contents

楔子．願

迷途的孩子啊。
願妳的未來，光明永在。

01. 被遺棄的托賓勒

「白火，我帶晚餐來了，吃一點吧？」

路卡一手端著托盤，一手敲了敲緊閉的門扇。布瑟斯本家的客房眾多，白火的房間位於走廊盡頭深處，沉靜而寂寥的位置。

無論他敲了幾次門，裡面仍沒有任何回應。路卡悄悄的把耳朵貼在門上，裡頭安靜到甚至讓人懷疑根本是空房。

自那個紅髮貓眼突然黑紋病發作、暮雨的烙印被梅菲斯奪走後，又經過了數天。

那天騷動之後，白火就把自己鎖在房裡避不見面，不說話，也不進食。若不是房間裡有飲用水，現在房裡的她可能已經不成人形了。

「白火，再不出來會變成木乃伊啦！要是被人發現乾巴巴的陳屍在房間裡，會丟臉到想再死一次的喔？」

「……」

「那個貓眼病情也好轉了，聽博士說似乎有什麼治療方法，所、所以啊——」

「……」

「……溫斯頓那老頭已經找到了我們的方位，這裡似乎也撐不久了。」這幾天周圍陸陸續續傳來槍炮聲，還只是挑釁等級，哪天宅子真的被轟了也不奇怪。路卡端著托盤的手也痠了，乾脆把托盤放在地板上，自己一屁股坐在門旁，「我知道妳受到了很大的衝擊……接連遇到這種鬼事，換作是我應該早就瘋了。」

這段日子白火的遭遇他略有耳聞，撇開自己的身分不提，目睹未來的雙親被殺、諾瓦爾重病、暮雨為了救她而被奪走烙印，接二連三的厄運毫不留情的降臨在她身上，白火會情緒崩潰也是合乎常理。

但是路卡總覺得，這樣下去是不行的。

「拯救世界還是改變未來什麼的，我是不懂那些艱深的大道理啦，但是……不管妳是因為什麼理由被帶來公元三千年，我都很高興能認識妳這個朋友，所以我希望妳能過得幸福。」

「……」

「騷動結束後，大家再一起出去玩吧？我們、科長和局長……荻深樹她們應該都還活著，把她們也算進去好了……還有，艾米爾……」路卡莫名停頓了幾秒，對冰冷的木門扇笑了笑，「大家都在，一定會很開心的，對吧？」

「……」

「說點話嘛，白火，妳這樣……我也很難過啊。」

回應自己的始終只有寂靜。走廊寬長，路卡每句話都引起不小的回音，更突顯出他的寂寞。

今日也沒有任何成果，他放棄似的嘆了一口氣，說：「那我把晚餐放在這裡，要記得吃喔。」他將托盤挪到門邊，以免被推開的門扇打到。

正當他要起身離開時，只見空蕩的走廊盡頭走來了人影，看見那顯眼的紅色高跟鞋和蓬鬆的淺杏色短髮，路卡馬上知道是誰過來了，「妳是……沙利文博士。」

是白火的親生母親，從特情部叛逃出來的人造烙印研究員。幾天相處下來，他知道沙利文和白隼都是出自無奈才會投入人體實驗，但是他仍然無法完全卸下心房，無論實情如何，這兩名研究員無疑抹殺了無數性命。

「讓我來吧。」沙利文稍稍點頭表示禮貌，然後直接拿起地上的托盤，一手從衣袍口袋裡摸出萬能鑰匙，不帶躊躇的打開房間門鎖。

路卡傻了，他們這幾天可是尊重白火的意願才沒有強制打開門，「妳怎麼──」

「無論如何，總是該面對的。」沙利文僅僅用眼尾掃了他一眼，率性走進房裡，關上門。

房間內一片漆黑，落地窗緊閉，尚未適應黑暗的沙利文轉轉眼珠子才勉強看見床邊縮了個小小的人影。她把托盤放在桌上，打開亮度最低的黃燈，以免讓長期處於黑暗中的白火眼睛不適。

房間恢復明亮，抱緊膝蓋蜷縮在床邊的白火始終垂著眼簾，眼珠子眨也沒眨，她連看沙利文一眼也沒有，只是眼神渙散的盯著前方地板。一頭長髮如瀑般垂落，沒梳理的緣故，看起來有點像是海底的水草。

沙利文不避諱的在她身邊坐了下來，像她一樣抱住膝蓋，「要不要和我聊聊天？」

白火沉默了良久，才低低說了句：「……沒什麼好說的。」長久下來沒開口的嗓音沙啞，呼出空氣時，乾裂的嘴脣傳來了陣陣疼痛。

「這樣啊。那就聽我自言自語吧。」

「……」

「真對不起。」

沙利文劈頭就是道歉。

「像我這種人成為妳的母親，讓妳誕生於這醜惡又骯髒的世界，用這雙沾滿血的髒手帶領妳成長，明明好不容易讓妳離開了，卻又害妳重新被帶來這種地方，對不起。」

「……妳明明說過妳不是我的母親。」

「我不是，但也是。」這種和未來的孩子對話的經驗還真奇妙，沙利文竟然在這種緊要關頭撇動了脣角，「我從來沒有求過妳的原諒，白火。」

「……」

「我和白隼大可以對自己的罪惡視若無睹，繼續替溫斯頓行事，但是我們並沒有，因為我們選擇了妳，白火，每當看見妳……不只是妳，暮雨、諾瓦爾也是。我沒有勇氣用沾滿鮮血的手來觸摸你們，所以我和白隼才會決定反抗。會這麼做，應該也算是種贖罪心理吧。」

白火任由她一股腦的說下去，沒有回話，但視線明顯的從地板轉移到沙利文的側臉上。她沒來由的想著——雖然不太常照鏡子，可是自己的五官確實和沙利文有些相似。

她不知道母親的年紀，單從外觀來看，沙利文的外貌年輕得確實不像符合擁有博士這個學位。和白隼站在一起時，兩人的年齡甚至有一大段差距。

「妳曾經有一個哥哥，叫做白夜。」

白火猶豫了幾秒，像是鸚鵡般重複了一次：「……白夜。」

「嗯。據說是於永晝時誕生，名為白色永夜的孩子。」

「據說？」

沙利文點點頭，「我是白隼的第二任妻子。白夜是妳同父異母的哥哥。」

★※★◎★※★

「嘖嘖嘖，你們也真有恆心，這種槍林彈雨下還有辦法把這大塊頭扛來這裡。」

安赫爾摸著下巴，頗為驚訝的昂首一看，眼前的龐然大物讓身材高䠷的他脖子有點發痠。

這裡是布瑟斯本家內的某間空房，規模偌大，基於某些緣故把家具都撤了，暫時充當機房使用。

黑紋病病情暫時抑制住後，諾瓦爾不知道和白隼博士做了什麼商量，他拜託安赫爾把白隼研究室的某樣儀器搬來本家。現在外頭全是AEF的軍隊和機器人，能夠掩人耳目把儀器搬過來，連安赫爾自己都佩服起布瑟斯本家的實力了。

銀白色的儀器約兩公尺高，兩邊分別有著儀表板操作臺，中間的踏臺上方則有個球狀座臺，這顆球體是靠著不明引力飄浮在空中，不時發出若有似無的青冷色電流。安赫爾也不懂本家的人是怎麼把這大塊頭運過來的，戰火之下真虧這儀器沒被炸爛。

「這還只是試驗機，真正的傳送器比這個還要大上三倍。」白隼解釋。他也很慶幸溫斯頓還沒把他的私人研究室炸了，傳送器尚未損毀。

「你說這就是當初把小暮雨和小白火傳到過去的東西？這是博士你做的啊？」

白隼點頭，眼角的皺紋讓他顯得有幾分蒼老，「我聽諾瓦爾說……我是在3005C. E.，也就是五年後將孩子們傳送到別的時空的。」

「原來你從現在就開始準備啦？」所以才會有這個傳送器，這樣因果關係就連結在一起了，「然後呢？你把這東西運過來要做什麼？該不會又打算把那三人組再丟到別的時空吧？」如果真的要這樣玩，護弟心切的安赫爾不排除直接把眼前的傳送器打爆。

「——不是的，這次是要回到過去，尋找以前的梅菲斯。」

代替白隼做解釋，有道細啞虛弱的聲音傳了過來。

安赫爾順勢往後一看，這幾天都躺在床上的病人竟然走了過來，「小忠喵，你下床沒關係嗎？」

「感謝關心，今天身體狀況很好。」

諾瓦爾走了過來，有別於平時的黑色西裝和禮帽，今天他一襲白色輕裝，紅紫色微捲的髮絲更顯現出一股葡萄酒般的潤澤。他走近傳送儀器，擦身而過的當下，安赫爾可沒有漏看他衣袖下的右手腕緊緊纏繞著繃帶，細縫間有著墨水漬般的暈染血跡。

一同走來的暮雨似乎不打算攙扶對方，僅是默默的伴隨在諾瓦爾身後。白色熾光燈下，他的影子搭在腳邊，又灰又沉。

「多虧了博士和暮雨，暫時用藥物控制住了病情，會慢慢好轉的。」諾瓦爾指了指掛在自己脖子上的青金石，他的動作俐落自然，與平時無異，可不知怎的，每次的笑容都有些哀傷。

「那還真是可喜可賀。」安赫爾沒打算追問下去，「所以說你們要用這臺傳送器去把以前的小梅菲斯幹掉？」

「是的。」

「哇塞，還真的走這種老梗套路。」漫畫都是這樣演的，打不過現在的魔王，就穿梭時空把小魔王幹掉，這種率先斬草除根的手法還真是欺負弱小。安赫爾搔搔頭，「我是沒什麼意見啦，不過要誰去？」

很稀奇的，這次諾瓦爾撇開了視線，沒有回答。安赫爾沒來由的察覺事情不妙。

「我去。」

果然，向來不多話的暮雨乾脆的說了兩個字。

「啊？」

「失去烙印之後，就算槓上ＡＥＦ也只會成為絆腳石。我過去最適合。」他的口氣冷靜得駭人，儼然像是個旁觀者，「當初布瑟斯家是出自烙印力量才收留我的，如今沒了烙印，是生是死都不會對局面造成影響。」

安赫爾以為自己的聽力有問題，愣了好一段時間後，他哼笑出來：「……孩子呀，你知道自己在說什麼鬼話嗎？」他好久沒被嚇傻了，這傳送器還是實驗階段，用膝蓋想也知道被傳出去就回不來，然後他家老弟現在自告奮勇的要去當敢死隊。

「你阻止我也沒用。」

「你給我搞清楚自己是什麼身分！」見自家弟弟毫無退讓的打算，向來溫和的安赫爾難得鐵青著臉，抓住暮雨的領子低吼：「我管你是失去烙印還是什麼穿梭時空的未來人，只要你是布瑟斯的孩子就是我的弟弟，我可不會讓家人平白無故去送死。」

暮雨沒有推開他的手，而是用自己祖母綠的眼珠子不偏不倚的瞪了回去。

「我只是……想替你們做點什麼而已。」

被揪住衣領的緣故，暮雨腳下的影子如燈火般搖曳晃動。

「即便身體變成了這副模樣，我一定……還有可以辦到的事情。」

安赫爾瞇起眼瞳，閉口不語了半晌。度過了十幾年歲月，這是他家老弟第一次露出如此顯著的反抗舉動。

他那沒有血緣的家人性格乖戾，脾氣向來不好，但骨子裡還算是溫和。家族收養暮雨的這些年來，他從來沒有像這樣反抗過自己。

安赫爾掃視了身旁的諾瓦爾，這瞬間，他竟然羨慕起了能讓暮雨捨身到如此地步的白家人。

諾瓦爾屏低呼息，如此說道：「……我會負責把暮雨帶回來的。」

「就憑你那個破爛身體？」

「只要這個身體還能動，我就不會讓你的家人遭受危險。」

說得還真好聽，安赫爾鬆開暮雨的衣領，力道頗大的把他往後一甩，「紅髮貓眼，記住你說的話，要是暮雨出了什麼事，我不會讓你好過。」

「……銘記在心。暮雨不只是你的親人，也是我的家人，我一定會帶他回來的。」

——我終究還是比不過原本的家人嗎？

安赫爾如此暗忖，吁出一口嘆息，瞅了眼正在調整衣領的暮雨，「我就算阻止你，你還是會自己跑過去吧？」

「嗯。」

「……從以前就是這副樣子。」

其實安赫爾一直都心知肚明，這位和他沒有血緣的家人打從相識的那一刻起，就不曾把他放在第一順位過，直到現在也是。

「……那就去吧。」再度理解到這個事實，安赫爾若有似無的嘆了口氣，「記得回來就好。」

看著自家老弟那澄澈如湖水般的眸子，以及被奪走烙印後、取而代之出現在腳下的黑影，向來玩世不恭的安赫爾內心也敲響了警鐘。

他總覺得……今後的暮雨，會拋下他前往相當遙遠的彼方。

那是個很遠很遠，遠得他伸手不及，就算全力衝刺也無法到達的——另一個世界。

★※★◎★※★

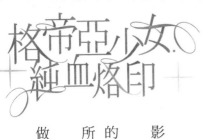

ＡＥＦ的攻勢猛烈，第三星都面臨前所未有的紛亂。人造烙印實驗失敗所形成的黑影怪，以及機器人軍隊如狂潮般湧現，壓制了各地區域，連一般住宅區也無一倖免。

世界政府已向時空管理局提出聯手的要求，展開共同戰線對抗。最先被溫斯頓攻陷的第二分局尚有大半局員被關在特情部內，基於人質在對方手裡，局長安赫爾無法隨心所欲的行動。

種種劣勢下沒讓一行人有過多時間猶豫，時空傳送儀器測試完畢的隔天，暮雨就已做好待機準備，隨時都能動身。

另一方面，該說是相信自家弟弟的抉擇，或是完全放棄說服了，安赫爾轉而投入對抗ＡＥＦ的作戰計畫。安赫爾自己也很明白，暮雨平安回來的機率不可能是百分之百，必須做好最壞的打算，目前他能做的就是找出成功抵抗溫斯頓的突破口。

「那麼，我們就先走了。」

局員們分別前往各個區域待命，該隱和雪莉率先前往較遠的第四星都，作為世界政府的友軍進行抵抗。

成功將暮雨傳送到過去後，白氏夫婦和安赫爾也會帶著局員們前往特情部，盡可能奪回剩下的人質。勉強控制住病情的諾瓦爾則留在宅內。

「你那傳送器沒問題吧？」安赫爾聽說這傳送器還只是實驗階段，前幾日的怒氣可還沒消，要是他家老弟一不小心出了什麼閃失，他可沒自信能讓眼前這群人有好下場。

「你要是擔心的話，果然還是我去吧？」諾瓦爾不以為意的推開暮雨，自己走近傳送器。他動作乾脆的不帶一絲猶豫，百分百是認真的。

果不其然，他才剛踏上球體座臺就被暮雨抓了回來。

「少開玩笑，傷患乖乖給我回床上躺著。」魔鬼冰塊瞪了他一眼，把他推回原地，自己站上機臺，對著不遠處正在操作的白隼說道：「準備好了，請開始吧。」

計畫相當簡單，暮雨回到過去，將年幼的梅菲斯抹殺掉。別說他是純種還是會搶奪烙印的實驗體，對方只是小孩子，一發子彈就可以輕鬆解決。由於是時空傳送儀器，也不會被人造烙印所謂的「座標」條件限制住。

暮雨的腰間掛了一把手槍，向來運用烙印武器的他還不太習慣這種東西。

「成功傳送到過去後，我會把你帶回來。」諾瓦爾說道。

「我知道了。」

「那麼，這樣說也有點奇怪，但是……路上小心。」

諾瓦爾退出幾步，優雅的行了個禮。同時間，白隼和沙利文啟動傳送器，銀白色的無機物登時傳出渦輪運轉般的嗡嗡聲，閃爍出青綠色的奇異電流，揚起熱風，站在球體中央的暮雨任由熱流飛舞髮絲，神情沒有絲毫變動。

從前的記憶又甦醒了過來，他當初就是如此，和白火一起，和小黑一起，墜入了時空的深淵中。

「——不會讓你去的……」

冷不防的，有個聲音穿透了機器運轉聲，筆直的震動他的鼓膜。

「我才不會讓你去那種地方！」

在場所有人尚未反應過來，就看見有個人影朝這裡衝刺，和嬌小的身姿相反，強勁的力量抓住了暮雨，把他從球體座臺裡推出去。

「妳是——」

那抹身影的動作快如流線，暮雨尚未看清來者的身影，腦中本能性的聯想到——白色的火焰。

最先反應過來的諾瓦爾大吼：「小姐！您這是在做什麼？」

「不會讓你去那種地方。」白火又說了一次，冷汗順著額間濡溼她的瀏海，推開暮雨的她此刻正站在球體的中央，身形任由電流與風壓吞噬，窄瘦的肩膀甚至讓人有她在發顫的錯覺。

白隼和沙利文發出驚叫聲，然而傳送器已完全啟動，只見搭載著白火的球體升上更高空，四周漫溢而出的電流凝聚，開啟了一條紫黑色的裂縫。

暮雨一時間無法理解發生了什麼事，瞪大雙眼盯著眼前的景象，當他回過神來時，身體早就不由自主衝上前，「給我站住！妳這傢伙，為什麼總是——」

「別過去！中途踏進去，會像以前傳送器故障一樣被送往別的時空！」諾瓦爾急忙攔下暮雨。

「說什麼鬼話！給我放手！」暮雨也不管諾瓦爾的病情，甩開他的手就是一股腦衝上前，「為什麼妳總是要這樣！妳有想過我們的感受嗎？」完全不管他人，盡做些亂七八糟的事情，他忍無可忍了，累積已久的情緒徹底迸發出來：「妳這人……到底有沒有把我放在眼裡啊！」

狂風呼嘯中，白火的身形逐漸被時空裂縫吞噬掉。最後，她轉過身，看了暮雨最後一眼。

「對不起，我只是……不想再讓你們受傷了。」

——我自己的事情，自己會做出了結。

說出最後這句話的同時，傳送器的風壓與電光瞬間暴增，直逼到引起耳鳴的程度。眩目的光芒折騰著暮雨的雙眼，他閉眼不過數秒，直到再次張開眼睛時——球體座臺上空無一物，哪也找不到白火的蹤影。

白火乘上時空傳送儀器，消失在眾人眼前。

「她是怎麼知道這件事的……」白隼不敢置信的瞪著空蕩蕩的機臺，白火這陣子都把自己關在房內，照理來說不可能知曉他們的計畫，是誰走漏了風聲？

「你留在這裡，我去把小姐帶回來。」愣在原地也沒用，諾瓦爾深深吸口氣，然後拉開蓋住頸子上烙印的領口，打算直接開啟時空裂縫把白火抓回來——當然，他才剛抬起手，纏滿繃帶的手腕就被暮雨狠狠抓住。

「……就憑你這種身體？」

「沒問題的。」諾瓦爾不甘示弱的瞪了回去，「我沒有關係，但是讓小姐和梅菲斯接觸……如此殘酷的事，我辦不到。」

暮雨蹙眉，他在說什麼？

「……如果我早點下定決心的話，也不會導致這種結果。」

諾瓦爾的眼神冷酷的太過悚然，他還來不及追問，機房的大門不知被誰一撞，有個人甩開警備衝了進來。

「大事不好了！第一星都被——」路卡抓著手錶跑進機房裡，他本來想等傳送結束後再進來的，但是這群人也拖太久，「……暮雨科長？您怎麼還在這裡？」正打算報告緊急事項時，一瞧見自家魔鬼科長還在機房裡，路卡呆了幾秒，他下意識看了看在場所有人，大家的臉色都不太好看。

暮雨沒打算多做解釋，直接問道：「發生什麼事了？」

「是這樣的，剛剛最新的新聞轉播……」

路卡的錶投影出新聞影像，畫面展開的同時，類似於方才的狂風嘯唳聲馬上震入眾人的耳中。

轉播地點位於第一星都，每顆人造星球上獨有一座的太陽能發電塔頂端，竟然冒出規模巨大無比的時空裂縫。

盯著這轉播畫面，沙利文忍不住瞪大雙眼，「這是、什麼——」

彷彿天空破裂般，突然出現的黑洞籠罩包裹住整座太陽能發電塔，並不斷的朝外擴張，化為一顆黑色巨型厚繭。繭狀的裂縫漆黑的宛如濃稠泥沼，透過轉播畫面也能感受到現場正產生颶風般的風壓。

發電塔周圍的鐵架、屋瓦建築，甚至是夾帶著哀號聲的人影——全部像是碎屑般被黑洞捲了進去。

狂嘯風聲、鐵屑摩擦、哀號悲鳴、以及某種渾雜著血與肉絞碎的聲音，諸多雜音像是煉獄般全攪和在一起，統統被黑洞吞噬。

忽然「啪」一聲，轉播現場情形的衛星似乎受到了干擾，投影瞬間失去了影像。

這畫面太過於震撼，一股反胃的酸楚湧上咽喉，諾瓦爾退後了幾步。

「……開始了。」

「諾瓦爾？」

「第三次黃昏災厄……開始了。」

他吐出顫抖不已的氣息，從前的記憶如今歷歷在目，他強掩住夢魘傳來的作嘔感，低聲說道：「……公元三千年，ＡＥＦ以五大人造星球中心的太陽能發電塔作為據點，創造出規模巨大的時空裂縫。每道裂縫彼此點成線，線成面，相繼連結成更為龐大的時空黑洞，一舉吞噬了人造星球。」

此次災難被後世稱之為——第三次黃昏災厄。

★※★◎★※★

或許該感謝諾瓦爾，歷經數次穿梭時空的體驗，白火這次沒有在途中暈眩過去，而是接近裂縫出口時，抓準時機從出口跳了下去。

高度僅有數公尺，四周是毫無生氣的白色灰牆，降落的瞬間，刺激的藥味立即撲鼻而來，白火領悟到這是室內的同時，鞋板也恰巧著地。

「這裡是……」

腳下的觸感有些奇特，比磁磚還來得柔軟……白火目睹到眼前景象的同時，腦袋一瞬間短路，她吸著藥水味的空氣，停滯在原地數秒。

白色冷光的照耀下，她踩在一張實驗檯床上——正確而言，是正打算開始進行手術的實驗檯上，她腳邊還躺著一位身穿綠色手術服的幼小孩童，四周則有著數名身穿白色實驗服的人員將幼童團團包圍。

可供一人躺平的實驗檯上現在又多了一個女性的重量，白火腳下的軟墊凹陷傾斜，她趕緊跳離檯床，然後揪住眼前最近的白袍人員衣領，直接將對方摔了出去。

「你們在做什麼！」

手中凝聚火焰，白火重新站起來，轉身再次環視眼前的情況，「你們到底……在做些什麼……」

其實用不著問出口，她也心知肚明，眼前的景象就和當初她在人造烙印研究所時看到的人體實驗如出一轍。反芻著陸昂和其他迷子被送上手術檯，接受著幾近開腸剖肚的影像畫面，作嘔的胃酸立刻湧上白火的咽喉。

「是純種……從哪裡闖進來的！」

進行手術的數名研究員一時間無法理解白火的突然現身，紛紛退了開來，驚恐的瞪著她手中的火焰。

白火毫不遲疑的怒視回去，她一一瞥過研究員戴著口罩與護目鏡的面容，一面暗自心想：要是當中有自己的父母該怎麼辦才好？

不知是哪位研究員最先反應過來，觸動警報器，手術室內警鈴大響。隨著閃爍紅燈的警鈴，手術室外也揚起了倉促的跫音。

「你沒事吧？醒醒啊！」沒有時間了，一時遺忘自己真正目的的白火下意識就是抓住實驗檯床上的幼童，「快點，醒醒……」昏眩的幼童身上沒有任何傷疤與血跡，不幸中的大幸，看來是尚未接受實驗的迷子。

「抓住那個純種！」

警衛破門而入，黑色軍裝的軍人們拿著槍枝闖入手術室裡，紛紛將槍口對準白火。

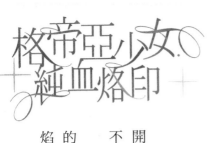

白火屏住呼吸，她相當明白處在這種劣勢之下，是不可能帶著實驗檯床上的幼童離開，就算她能勉強逃過槍林彈雨，無辜的幼童也會被流彈中傷。無論她再怎麼乞求，都不可能拯救所有人。

於是她抓起身邊的一排手術刀，腳一掃，將眼前放滿手術用具的置物推車踢向最近的研究員。推車撞上人，金屬器具散落一地的同時，她往空中一跳躍，將凝聚著銀色火焰的手術刀往四周軍人的臉上射了出去。

冰冷鐵灰的手術室內如今除了藥水味，更多了一股燒焦般的火焰熱度，白火趁著紛亂，喊道：「閃開！」側身一扭，用全身的力量撞開研究員，朝著手術室門口衝刺。

她溜出敞開的門扇瞬間，後方的子彈打上玻璃門，「匡啷」一聲，玻璃像糖霜一樣支離破碎。

白火在警鈴大響的研究所內全力衝刺。

「我沒有辦法拯救全部的人，我的目的不是這個……我是、我的目的是……」一回想起實驗檯床上的昏迷孩童，夢魘就會浮現在眼前，她像是強行說服自己般反覆呢喃，緊閉雙眼拐過走廊，繼續奔跑。

在這永無止境的迷宮之中，她得找出那位有著白金色髮絲、赤色眼瞳的孩子。

——梅菲斯。

——梅菲斯在哪裡？

「抓住那個純種！殺了也無所謂，不准讓她給逃了！」

前方走廊迸出兩位持槍的黑色軍人，白火錯愕的停下腳步，對方的槍口一瞬間爆出火花，她慌張的貼到走廊的狹長牆上。

子彈削過了耳際，割斷了幾縷髮絲，白火感到耳朵一熱，幾滴鮮紅色血珠落到了地面上。處於狹長的走廊中，她進退不得，前後兩方的追兵彷彿流沙般一點一滴侵蝕她的活動空間，朝長廊聚集而來，堵住了她的去路。

她摸著口袋裡夾藏著的西洋棋和金屬刀，盤算著時機扔出去時，眼前堵住她去路的兩位軍人不知怎的出現了異狀，他們彷彿被某種非科學的不可抗力挾持住般，身體扭曲成違反人體工學的角度，隨後鬆開槍枝跪倒在地。

「——過來這裡。」一道清澈如水、偏高而獨特的中性嗓音說道。

這道聲音傳入鼓膜的當下，白火發現眼前軍人腳下的影子像是潑灑在地上的黑油般蠢蠢欲動，甚至攀上了軍人的胳臂。

她不敢相信自己的眼睛，影子……影子竟然在操控著人！

「想活命的話就過來這裡。」

聲音又說了一次，卻立即被後方的追兵腳步聲蓋了過去。

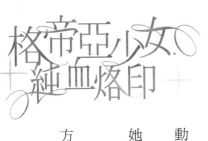

白火沒有閒暇思考，快步往前衝刺，順勢撿起軍人落下的槍枝，撞開被影子糾纏而動彈不得的軍人。

白火穿越狹長的白色走廊，才剛剛抵達轉角，猛然一隻細小而蒼白的手掌就抓住了她的手腕。

「跟我走，我帶妳出去。」

一名少年毫不躊躇的抓著她向前奔跑，由於少年背對著她的緣故，白火看不清楚對方的面容，但那個聲音確實是剛才救了她一命的清澈嗓音。

研究所的景色從兩邊眼角飛逝而過，少年帶她連續拐了幾個彎，白火無法猜測自己究竟會被帶往何處，一股有別於被追殺的恐懼與不安正泛上心頭。

少年似乎相當熟悉內部位置，竟然成功甩掉了追兵，然而天花板上的警鈴與紅色警報燈依舊閃爍著光芒。

「這條走廊深處有條密道，會通往外頭，妳就從這裡出去。」終於有時間喘息，少年這下首次回過頭來，兩人四目相接。

這是一名外觀為十三、四歲，尚未經歷變聲期、有著銀鈴般嗓音的少年。

「你是……」白火的腦袋像是被重擊似的，幾乎忘了怎麼說話。

少年清秀透明、美麗而不帶情感的容貌不禁讓人暫停了呼吸，他就像是人偶一樣不見一絲瑕疵。

少年的腳下沒有影子。

少年有著一頭絲絹般的白金色柔順髮絲，以及讓人聯想起鮮血的赤色瞳孔。

幾乎可說是身體本能，白火的手自己動了起來，毫不猶豫的扼住少年的細頸，用力把他抵到牆上。

「妳打算做什麼？」背脊毫無緩衝的撞上牆，發出骨骼與內腔的震動共鳴，少年卻連眉頭也沒皺一下，打從心底不解的凝視著正掐住自己脖子的白火，「雖然不知道妳是從哪來的，不過剛才那個行動……妳是想殺了研究員他們嗎？然後現在輪到我了？」

「你是……梅菲斯……」

「妳怎麼會知道我的名字？」

「……你是，梅菲斯！」

腦袋彷彿充血般的發燙沸騰，各種矛盾的情感在白火心中衝突碰撞。

——就是這個少年，只要殺了他，公元三千年就可以避免黃昏災厄。

她沒辦法拯救所有人，但是只要犧牲掉梅菲斯，她所愛的人們就可以脫離夢魘。

然而不知怎的，扣緊梅菲斯頸項的手卻沒來由的發抖起來，力道無預警的一鬆，梅菲斯被釘在牆上的瘦小身體滑落下來，橫倒在牆邊。

走廊不遠處再度傳來軍人們的厚重蹬音，以及槍枝因跑步而碰撞的金屬聲響，追兵伴隨著警鈴聲再度逼近兩人。

「……繼續往前走，穿過密道後就可以離開研究所。」前幾秒還被掐住脖子、無法吸足空氣的梅菲斯竟然連眉頭也沒皺，他抬起頭來重新定睛在她身上，「妳不想死在這裡吧？」

白火失焦的眼神凝視著自己沾染血跡、曾經扣緊住梅菲斯咽喉的顫抖掌心，「……過來這裡！」心頭一震，她抓住梅菲斯的手腕往走廊的密道衝刺。

「妳做什麼？」

「不要問，跟我過來就是了！」這下情勢和當初截然相反，換成白火抓著梅菲斯逃亡，「和我一起離開！」

聽見這番話，梅菲斯那被抽乾靈魂與情感的眼神，第一次有了微乎其微的反應。

——我到底在做什麼？

逃亡途中，白火不斷在心中追問著自己。

看到梅菲斯那雙赤紅色的雙眼，她渾身的血液就像是被那抹赤紅同化了一樣，醞釀許久的覺悟隨之麻痺，身體再也不聽使喚。

她就像是著了魔一樣，帶著梅菲斯，小心翼翼的握住梅菲斯蒼白而冰冷的手，與他一起逃向永無止境的黑暗。

人造烙印研究所設立在遠離人煙的郊區，「這裡。」透過密道逃脫而出後，梅菲斯引路將她帶往類似於停車場的空地場所，他指著一輛停靠在角落、破破爛爛的舊型自動機車，「用那個離開吧。」

機車上不知道為什麼還插著鑰匙，或許是哪個研究員粗心大意忘記拔下來的也不一定，白火沒時間猶豫，直接轉動鑰匙、發動引擎，載著梅菲斯，趕在軍人追過來前全速衝向郊區的森林裡。

「這情況和之前還真像……」和暮雨一起潛入人造烙印研究所的時候……以及和暮雨穿越到未來、搶走別人機車逃亡的時候……

白火心中浮現出科長那向來冷漠的容顏，她甩開多餘的思緒，機車燃料殘存不多，她只能漫無目的的盡可能駛往遠方。

行駛一段時間後，天色逐漸昏暗，來到傍晚時刻。

白火丟棄燃料用盡的機車，和梅菲斯逃進山區裡某棟似乎是提供登山客使用的過夜小屋。木屋內只有最基本的家具與沾滿潮溼味的毛毯，鎖上木門後，暫時得以喘息，白火半癱軟似的倒在木椅上。

「為什麼要帶我出來？」梅菲斯筆直的站在木屋門口，盯著她問道：「妳不是想殺了我嗎？」口氣平順的彷彿並非當事人，而是旁觀者。

疲累的白火嘆了口氣，「……你也累了才對，過來休息吧。」

「妳打算做什麼？」

「……不知道。」

她到底想做什麼？白火在心中反問著自己。看眼前的清秀少年絲毫沒有過來坐下的打算，她只好主動追問：「你怎麼會知道密道和機車的事？」

「長久觀察下來誰都能發現，不是什麼難事。」

「你在那裡待多久了？為什麼會被帶進研究所裡？」

「不知道。」這次是梅菲斯打起了馬虎眼，「記不清楚了。」他的口氣始終如一的淡漠，然而與其說是記不清楚，反倒聽起來像是「不想回想起來」一樣。

被抓進烙印研究所，淪為人體實驗素材的多半是管理局來不及搭救的時空迷子，這點白火心知肚明——但是她很清楚，梅菲斯並不是迷子。

堆滿塵埃粉末與蜘蛛網的小木屋窗口外，夕陽終於完全西下，室內陷入一片昏暗，白火點開木屋內提供的昏黃燈光，勉強增加了一點亮度。老舊木屋內還有著燒柴用的暖爐，入夜後山中溫度驟降，沒使用過這種暖爐的她稍微研究了使用方法，最後乾脆直接用烙印火焰點燃柴火，暖爐內立即閃出溫暖的火光。

她將毛毯遞給梅菲斯，後者卻淡然的搖搖頭，「我不會冷。」於是兩人都沒有使用毛毯，僅在地上蜷縮著身體，放空似的盯著暖爐內的搖曳火焰。

「妳叫什麼名字？」

白火不打算回答，梅菲斯又問了其他問題。

「妳不是這裡的人吧？潛入研究所有什麼目的？」

「……明天一早我們就去找管理局的人求救吧，或是世界政府也好，只要揭發研究所的事情……一定會有人幫助我們的。」

梅菲斯卻淡漠的搖搖頭，「不可能，不要抱持那種希望。」

白火正打算問為什麼時，聲音卻卡在喉嚨裡，眼前的梅菲斯竟然當場解開襯衫上的一顆顆釦子，他褪去上衣，毫不害臊的將纖瘦而蒼白的胸膛袒露在眼前。

少年偏瘦的體形顯露出骨骼與肌肉，漆黑的格帝亞烙印彷彿荊棘般糾纏住他的左胸口，暈開一道薄網般的微弱光芒。

白火想起來了，每當梅菲斯使用烙印時，胸口總會漫出柔和的光輝。

然而，如今比起胸口的純種烙印，覆蓋在黑色烙印上的傷疤、類似像金屬晶片的無機物更奪去了白火的注意力。梅菲斯的胸口像是被開了個洞般，一塊與烙印共存的金屬片就鑲在胸口，與肌肉組織和皮膚黏合。

「人體實驗時一併嵌入的追蹤器，為了確保實驗體的行蹤與身體機能。」梅菲斯讓她看清楚胸口的追蹤器後重新穿回衣服，並且捲起袖子，讓她看清楚手腕到手臂之間被注射過的無數洞孔疤痕，「同時，實驗體也會被定期施打成癮性的精神藥物，脫離藥物一段時間後只會發狂而死。這樣的我不可能得到什麼庇護，被抓回去只是遲早的事。」

「……」

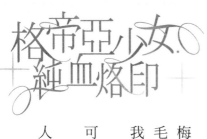

「打從被背叛的那瞬間我就明白了，這世界上沒有奇蹟，就算有，也輪不到我。」梅菲斯滿不在乎白火夾雜著驚愕與哀傷的神情，重新扣起襯衫鈕子，口氣平靜的讓人發毛，「所以妳也別浪費時間帶我逃亡了，若是想下手的話，趁特情部的人追來之前殺掉我會比較省事。」

木屋內除了柴火燃燒的嗶嗶剝剝的聲音外，四周寂靜的似乎連空氣都凝結般，甚至可以聽見梅菲斯扣上鈕子時，肌膚與布料摩擦的些微聲響。

「不說點什麼嗎？」梅菲斯看著閉口不語的白火，又說話了。或許是鮮少像這樣與人交流的緣故，他口氣冷淡之餘，似乎添了股健談的氣質。

「……」

「那麼就讓我繼續說吧，我還有其他事情想問妳。」他指了指白火的脖子，「那個石頭……妳為什麼會有那個東西？」

白火順勢撫向脖子上掛著的項鍊，這是白隼當初交給她、暮雨、諾瓦爾三人的青金石。靛青色的石頭吸飽室內火光，彷彿內部滿布著星辰般，晶滴點點。

這是具有遏止黑紋病病情、並擁有一次時空傳送功能的奇異寶石。

她的青金石早在穿越時空時遺落在時空裂縫裡，如今脖子上的是諾瓦爾的項鍊。

「那是爸爸約好了要送給我的青金石，為什麼會在妳身上？」梅菲斯至今為止冷淡到幾乎不見血液流動的口氣竟多了幾分情緒，他伸手捉住白火頸項上的寶石，湊近她的面容，「他背叛了我，把我送進實驗室裡，但還是，沒有交給我……」

「……抱歉，這是相當重要的人給我的，不能給你。」白火握住梅菲斯冰冷死白的手，不太敢使力將他推出去。

不一會兒，或許是冷靜下來，梅菲斯逕自把手抽開，眼神恢復到先前的冷漠，卻還是不時盯著她胸口上的青金石。

白火思忖了片刻，乾脆主動解下項鍊，將青金石放到他的手心中，「只是借你，之後記得還我就是了。」

將石頭遞交而出時，不知怎的，小黑溫柔而哀傷的笑臉在她心中一閃而過，不知道他現在過得如何呢？白火不自覺在心中想著。

「那顆青金石……對你而言也很重要嗎？」

「我不知道，想不起來了。」梅菲斯百般憐惜的捧著掌心的青色石頭，「只是爸爸曾經告訴我，那是會送給我的東西。」

父親……白火的眼神黯淡了下來，「梅菲斯的爸爸是個怎麼樣的人？」

「不知道，記不清楚了。」

「我也是，明明前陣子才回想起來，但還是覺得記憶模糊。」畢竟是十年前的事情了，兒時回憶總是朦朧，「……花點時間回想的話，好像是個很嚴厲的人呢。」

「……」

「梅菲斯，你會怕黑嗎？」

梅菲斯不解的看著她，沒有回話，赤色的眼神就像是在說「妳突然問這種東西做什麼？」一樣。

「你會怕黑嗎？」白火又問了一次。

好像是逼他非回答不可一樣，梅菲斯沉默了片刻，低聲說道：「……不太喜歡。」言談舉止遠遠超越同齡孩童的他，這下總算出現了像是普通少年該有的弱點。

「嗯，我也不太喜歡。」白火閉上眼睛，繼續侃侃而談：「小時候偷溜進爸爸的書房，被他關到倉庫裡處罰，從那時候起我就不喜歡又黑又窄的地方了。好險現在木屋裡有暖爐和燈光，不然我們兩個說不定會嚇哭呢。」
「我……也有偷看過爸爸的研究。」
「不是什麼好東西對吧。」
「嗯。」
「偷看研究內容後，我有一陣子不太敢接近爸爸，覺得他好可怕。」她抱緊膝蓋，凝視著暖爐內搖曳的橙色火光，「但是啊，只要靜下心來仔細想想，就會覺得……爸爸其實很溫柔，因為他總是獨自一人承擔痛苦，不讓我們去接觸那些真相。」
「……我沒有遇過什麼溫柔的人。」
「以後會遇到的。」白火凝視著梅菲斯，而後伸出手，輕輕撫過他柔順的白金色短髮，「今後的你一定會遇到許多許多，願意幫助你的……溫柔而善良的人。」
梅菲斯任由她撫順著自己的頭髮，閉緊嘴唇，「不可能……這世界上才沒有那種東西。」而後像語塞似的，握緊手中的青金石，低聲吐出幾乎全盤否定整個世界的話語。
夜深沉靜，山中冷風在外呼嘯，些許闖入了黏滿蜘蛛網的木屋老舊門窗裡，時不時將暖爐裡的柴火吹出一片煤灰粉塵。
盯著火焰以及暖爐周圍的斑駁焰影，睡魔逐漸侵襲著梅菲斯的眼皮，他垂下臉，傾斜身體倚靠在有些潮溼的木屋牆壁上。
「先睡吧，天亮時我會叫醒你的。」白火再次輕撫過他的頭髮，伸出胳臂，將他攬近身旁。

梅菲斯的規律呼息逐漸緩慢，隨著肩膀起伏漸漸化為平順細微的鼾息聲。

良久，等待梅菲斯陷入深眠後，白火將用火烤乾的毛毯鋪在地上，讓他瘦小的身體側躺在地。凝視著梅菲斯的睡臉，她漆黑的眼珠子裡閃過一絲有別於火焰、蠢蠢欲動的光芒。

她不發一語的盯著自己的手掌。

梅菲斯的頸項纖細，就像是一枝不費吹灰之力也能折斷的花朵綠莖。只要稍微撐開五指，就算是自己的手也能完全牢扣住他的頸子。

白火深深吸口氣，悄悄的把手心放在他的頸上，接著一點一滴的、像是捕食蝴蝶的蜘蛛般，每根手指緩慢的覆蓋住他的咽喉。

被人造烙印紋身的犧牲者，不可能擁有未來。

尼歐、陸昂、榭絲卡、艾米爾、諾瓦爾……最後是始終對她露出笑靨的約書亞，他們的臉像是幻燈片似的冷不防閃過白火的眼前。

突如其來的，白火像是惡夢驚醒般的倒抽一口氣，猛地收回打算掐住梅菲斯頸項的手，「我到底……在做什麼……」一泛熱的眼眶瞪著自己的掌心，她反覆深呼吸，企圖在寂靜之中扼殺自己發狂般急速跳動的心臟。

白火站起身，壓低腳步聲走出了木屋外，昂首凝視著山中夜空的滿天星斗與月亮。

夜晚的山風冷嘯，樹影幽靜斑駁，卻怎樣也無法冷卻她奔騰發燙的血液。

「暮雨……我果然還是……」

胸臆間溢滿無盡的罪惡與恐懼，她頻頻發著抖，失去焦距的瞪著自己的手掌心，明明上面只沾著些許木柴的碳黑和髒汙，在她眼裡卻是一片赤紅，甚至傳來若有似無的腥臭——她的手掌彷彿沾滿了梅菲斯的鮮血般猩紅黏膩。

白火為自己的躊躇與動搖感到無比慚愧。

明明已經下定決心代替暮雨來到此地，卻遲遲無法下手。

「暮雨……如果是你，這時候你會怎麼做呢？」

就像是在求救一樣，白火對著伸手不及的夜空星點發出無人知曉的喃喃聲。

她渾然不覺，木屋內明明熟睡的梅菲斯早已緩緩睜開赤色的雙眸，輕撫著自己的咽喉，用著摻雜哀傷與困惑的眼神遙望著她的背影。

隔天清晨，當山中的晨曦透入木屋門窗時，不用等白火呼喚，梅菲斯就已經睜開雙眼，不如說是他起的比白火還早。

一夜的淺眠後，兩人的精神負擔減輕不少，稍微做些整頓，再次開始討論今後的行動目標。

梅菲斯不打算和白火一起前往時空管理局求救，但是白火也沒打算把他拱手送回研究所；同時，特情部的追兵或遲或早都會來捕捉兩人。如此進退兩難的窘況，白火開始埋怨自己的無能和婦人之仁。

「不如這樣好了，我們來做個交易吧？」

昨晚稍微顯露了些許情感，如今又恢復最初的冷靜與透徹，梅菲斯提議道：「我不知道妳是誰，不過妳想殺了我對吧？」

「……」

「我這條命可以給妳，只要妳帶我去一個地方。」

「你想去哪裡？」

「海。」

「海？」

「嗯，海。」梅菲斯難得微笑的瞇起眼，「沒看過，一直很想看一次。我不太懂路怎麼走，妳帶我過去吧？看完之後這條命就送給妳。」

他的口氣未免顯得太從容自在，起初覺得有些毛骨悚然的白火，如今反倒漸漸習慣了起來。

「反正這條命從一開始就不是我自己的，抵抗是死，被抓回去也是死，不如送給像妳這種會好好利用的人吧。」

「見到海之後，你打算做什麼呢？」

「不知道。」梅菲斯聳聳肩，思忖了幾秒，「跳下去吧？」然後給了個聽起來不像是玩笑話的答案。

白火一點也笑不出來，然而僅僅一瞬，幾近壓垮內心的某顆石頭登時瓦解而開。

在前往大海的路程之前，梅菲斯都得以在這個世界獲得喘息。

依靠木屋提供給旅人的引路道具，白火帶著梅菲斯離開山中，來到附近的城鎮。當初選擇代替暮雨穿越過去時，她也做好了基本準備，用以備不時之需帶著的現金購買旅途用的基本配備後，重新開始了兩人的旅程。

「最近的大海就在這座山的對面，直接爬上去看吧。」白火操作著剛購買的基本款錶形電腦，指著投影地圖的某個畫面向梅菲斯說明。她自己也沒從山崖上眺望過大海，但是梅菲斯應該會喜歡才對。

梅菲斯點點頭，沒有異議，「總覺得自從遇見妳之後，就一直在爬山呢。」

「我也是。」

乘著交通工具來到附近的山區，兩人走入綠色森林中，緩慢的往上攀爬，旅途終點自然而然就是那片深藍大海。

隨著太陽攀升到高點，被綠色枝葉篩落的陽光化為碎布灑在兩人身上。山路傾斜度不高，溫度涼爽，白火帶著梅菲斯相當輕鬆的繼續向上前進，照這步調，約莫在一段時間就可以抵達地圖上的山崖。

不料，徒步了良久後，白火隨意的回頭一望，卻發現跟在身後的梅菲斯不知何時停下了腳步，蹲在地上沉下了臉。

「梅菲斯？」白火連忙轉身上前，彎下腰來順撫著他的背，梅菲斯原本就白皙的膚色如今像是上了一層灰般的慘白，泌出的冷汗濡溼頭髮。

白火捉住他的手後又嚇得差點放開，對方冷得像是冰塊一樣。

梅菲斯揪緊胸口，吐出斷斷續續的氣息，「沒事的，繼續向前走吧。」他像是想到什麼似的將口袋裡的東西塞到白火手上，「然後，這個先還妳。」

是昨天的青金石。

為什麼要在這個時候還過來呢？感覺就像是道別一樣。

戒斷症狀——她突然想到這四個字，「是因為精神藥物的關係嗎？」

「繼續向前進。」梅菲斯不理會她的問句，抹去臉上的汗珠，「不是說好要帶我去看海了嗎？快點走吧，我已經……沒有時間了。」

白火欲言又止的閉上嘴，「……我知道了。」她點點頭，重新握住梅菲斯的手——應該說，正打算握住他的手。

指尖碰觸到梅菲斯的腕前，一道銳利凶狠的槍聲響起，子彈打入身後的樹幹上。剎那間，山林內的鳥群一齊逃離綠林，振翅高飛到遠方。

鳥類振翅鳴叫的聲音、刺耳的槍響、人影從草木中竄動而出的跫音，許多雜音在白火鼓膜內形成陣陣耳鳴。突如其來飛向她的子彈就像是閃電一樣，在森林裡震出一片雷光與騷動。

「終於找到了，實驗體零號，梅菲斯．托勒費。」身穿與實驗室內軍人相同的黑色裝束，黑衣軍人持著槍，對準他們的槍口還冒著裊裊白煙，「明知道不可能脫逃，為什麼還要抵抗？」

藥物戒斷症狀產生的暈眩感襲擊著梅菲斯的神經，他渾沌的腦袋花了片刻才理解到現況——胸口的晶片追蹤器像傳出警訊般隱隱作痛。

「純種，妳究竟是誰？為什麼會帶著梅菲斯逃離？」黑衣軍人再次把槍口對準白火的眉間。

廣大的森林之中，槍炮特有的硝煙味刺激著白火的鼻腔，她握住梅菲斯的手，謹慎的退後幾步，不出所料，一致對準她的槍口也彷彿緊盯著標靶似的跟隨她移動。

同一時間，她緊握住的梅菲斯的手，發出了有別於日照的奇異光芒。

不只是手，應該說是梅菲斯胸口的烙印泛出一團光暈，他一手攙扶住白火，另一手朝眼前一揮。在一眨眼都嫌多的時間內，他的掌心竟然出現了某團黑色的物體。

包圍著他們的數名軍人腳下的黑色陰影登時像被抽乾的汗水似的，空無一物。

白火不敢置信的瞪著前方，梅菲斯掠奪走的無疑是對方的影子。他手一揮舞，前一秒將槍口對準他們的軍人的手就像是抽搐一樣鬆開了槍枝，上膛的金屬手槍一一砸落在土壤上。

然而，扭轉情勢只是一瞬間，虛弱的梅菲斯承受不住痛苦，數秒內就鬆開了手，頹倒在白火身旁。

「……抓緊我，要跑了！」就算只有一瞬間也好，梅菲斯確實替她製造了逃亡的機會，白火彎腰，手臂繞過他的雙腿，將他瘦弱過頭的身體抱起來繼續向山頂奔跑。

山中的霧氣氤氳籠罩著全身，即便陰冷溼潤，森林之外一定是閃耀著太陽，有著他們所渴望的溫暖熱度。

逃到那座山崖，只要逃到那裡，他們就還有希望。

槍火聲緊逼在後，子彈彷彿銀針似的從後方飛速而來，白火嚥下唾沫，護著梅菲斯逐漸失溫的身體穿越稀疏的森林草木。

「刷」一聲，頭頂突然一瞬間變得明亮，脫離森林地帶的兩人踏入乾枯堅硬的黃土地上，再也沒有綠葉阻礙的陽光一灑而下，將白火和梅菲斯的頭髮打出一片反射光芒。

白火將梅菲斯放了下來，攙扶他的手繼續向前進。

只要再向前幾步，走到懸崖邊，就可一窺湛藍大海的地平線。只要再一點點時間就可以了，再一下下，她就能實現和梅菲斯的約定。

——但是，之後呢？接下來該怎麼辦？

「還真是趟驚險刺激的旅程，梅菲斯。」

照理來說空無一人的山崖邊，卻有一道人影捷足先登，彷彿約定好似的站在中央空地等待著他們。

那是位戴著紳士帽，穿著筆挺西裝的男子。微捲的棕髮有些許跑出了帽簷外，面容推測約為四十歲左右的壯年男子，卻像是有著先天性缺陷般，拄著不合時宜的枴杖。

梅菲斯對上男子海藍色的眼珠子，一時間咋舌，別過了視線。

就算是回到數十年前的過去，白火也不可能遺忘眼前這位男子的面容，說什麼也不會忘。

「……溫斯頓。」她咬牙切齒的低吼出對方的姓名。

「居然連我的名字也知道？真是有趣。」有別於公元三千年那帶點花白蒼老的歲月痕跡，此刻的溫斯頓反倒多了點年輕人特有的盛氣，他一手撐著枴杖，另一手壓低帽簷行禮，「昨日闖入研究所的人也是妳吧？可以告訴我是用怎樣的手法嗎？純種小姐。」

後方的武裝軍人同時間趕到，槍枝抵住白火的腰際，「喀」一聲，無疑是上膛的清脆聲響。

前方是懸崖，後方被斷了退路，白火下意識護住梅菲斯的肩膀——不料，卻被他推了開來。

「……我會和您回去的，溫斯頓先生，所以請您放過她吧。」梅菲斯將白火推了開來，強忍著作嘔感走向溫斯頓。

「你這是在和我談條件？」

「是的，放過這個人，我就和您回去。」梅菲斯竭盡所能的發出與平日無異的冷淡口吻：「得來不易的純種素材就這樣跳崖自殺了，您也會很困擾的吧？」

溫斯頓思考了數秒，「這倒也是。」而後點點頭，同意他的話。隨即他用下巴點點白火，說道：「那麼先制伏住那女孩吧，難保她會突然做出什麼事情來。」

白火身後的軍人一齊聽令，粗魯的挾持住她兩邊手臂。

「……做什麼，放開我！」

尚存餘溫的槍口對上她的太陽穴，一旦有什麼舉動，子彈就會直接打入她腦袋裡。

梅菲斯看著溫斯頓遞來的手，躊躇了數秒，他的眼珠裡究竟映照著怎樣的情感，只能凝視著背影的白火無法得知。

但是她沒來由的感覺到——梅菲斯纖瘦而孤單的背影，此刻就像是在哭泣一樣。

緩緩的，梅菲斯握住了溫斯頓戴著白色手套的手。

「真可惜，差一點就能看到海了呢。」他回頭對著白火一笑，那是幾乎要哭出來的笑容。

「為什麼要回去……你可能一輩子都沒辦法離開那裡了啊！梅菲斯！」

「我知道。」梅菲斯赤色的眸子充滿哀憐，「無論如何，我都由衷感謝妳。」

——為什麼？

雙手被挾持，頭被槍抵著，只要一點輕舉妄動就會腦袋開花的危急情況下，白火非但沒有生命危險之際該有的惶恐，反而只是不斷追問著自己、追問著對方：為什麼？

——為什麼明明知道自己沒有未來，卻還能強顏歡笑的露出那種表情？

——為什麼只有梅菲斯非得嘗受這種苦痛不可？

「……不要輸。」

當白火察覺時，眼前早已朦朧一片，從眼眶奪出的眼淚模糊她的視線，她再也看不清楚梅菲斯的臉龐了。

「為什麼你總是一副放棄一切的模樣？繼續掙扎啊……不要輸在這種地方。」

她下不了手。怎麼樣也無法殺了梅菲斯。怎麼可能下得了手。

明明知曉犧牲了梅菲斯，就可以改變未來，然而她所期望的，從來就不是梅菲斯的死亡。

「無論如何你都有資格活下去！不要輸給這種蠻橫無理的世界啊！」

梅菲斯瞪大赤紅色的瞳眸，簡直不敢相信自己的耳朵，「妳不是……想殺了我嗎？為什麼要這麼拚了命的——」

「我不知道！」帶著哭腔的嘶吼灼燒著白火的喉嚨，她試圖甩開軍人的手，扭動身體哭吼：「我不知道，只是……只是我覺得這樣是不行的啊！就這樣丟下你逃走，讓你孤伶伶的一個人，這樣是不可以的！」

突然間，烏雲密布。

上一秒還豔陽高照的天空，竟然像是被施了魔法似的，一眨眼出現濃灰色的厚雲。

要下雨了嗎？為什麼會挑在這種時間下雨？怎樣都好，就算腦袋真的被子彈打穿也無所謂了，難以言喻的勇氣聚滿在白火心中，她把想說的、想痛罵梅菲斯的，全部吼了出來：「無論是怎樣身分的人，只要面臨死亡，一定會很害怕很孤單的……而且一定會有人因此哭泣的啊！明明你和我一樣是人，為什麼還要裝作一副若無其事的樣子？！」

就在軍人們真的打算朝她扣下扳機時，突然風壓席捲而上，捲走了軍人們因驚愕而鬆手的槍枝。

山崖上的高空中猛地勾勒出一道深紫色的裂縫，數秒內開闊出杏仁形狀般的紫色空間，目睹這熟悉萬分的景象，白火倒抽一口氣，一時間忘了怎麼呼吸。海風、山中的溼氣，以及臉頰上的淚水全都混合成一片，鹹味的氣息竄進了她的鼻腔和唇縫中。

「——小姐，請抓住我的手！」

足以容納兩人的時空裂縫兀的出現在半空中，諾瓦爾手中的銀色絲線如蜘蛛吐絲般捆住挾持白火的軍人，用力一扯便讓白火重獲自由。這一切全在數秒內完成，他動作快得就連溫斯頓也來不及反應。

諾瓦爾一手攀住支撐用的銀線，一手抓住白火的手腕。

「……諾瓦爾？」

「已經沒有時間了，請抓住我的手！」

「但是、梅菲斯他——」

諾瓦爾的力道之強，絲毫不允許她回嘴似的用蠻力將她拉入時空裂縫中。

時空裂縫開起總會伴隨著狂風肆虐，風聲震耳欲聾，原本想抵抗的白火在看見諾瓦爾緊握住自己手腕的那發黑的青紫色手臂後，罪惡感再次襲擊她的每條神經。白火顫抖的深呼吸，用另一手緊緊的回握住諾瓦爾的手。

「別讓他們逃走，快開槍！」溫斯頓下令大吼，那無疑是目前尚未完成實驗的人造時空裂縫，他雖不知詳情如何，也明白絕對不能讓這兩人離開。

軍人們紛紛重整士氣，再次展開炮火——卻和剛才一樣，被地上突然崛起的黑色枝蔓攫住手臂，霎時間無法動彈。

梅菲斯的胸口泛著光芒，手裡握著黑洞般的黑影塊狀物，抬起臉來對著頭頂上的時空裂縫低語：「快走吧。」

「梅菲斯……梅菲斯！聽我說啊！」

半截身子沒入了裂縫裡，一股難以言喻的抽離感侵襲著白火的雙腳，就像是被深海的低溫麻痺了知覺般，她的身體不斷陷入深紫色的深淵中。

「你還記得你的名字嗎？在永晝時誕生的你，於白色的夜光中降臨於這個世界！」

白火發出足以撼動心靈的悲鳴：「不是約書亞，不是梅菲斯，你真正的名字是——」

★※★◎★※★

「妳曾經有一個哥哥，叫做白夜。」

那時，沙利文向白火傾訴了不為人知的真相。

白火猶豫了幾秒，像是鸚鵡般重複了一次：「……白夜。」

「嗯。據說是於永晝時誕生，名為白色永夜的孩子。」

「據說？」

沙利文點點頭，「我是白隼的第二任妻子。白夜是妳同父異母的哥哥。」

這段告白就好像揭開丈夫的傷疤似的，沙利文吞了口唾沫，重新整理好思緒後再次開口：「白隼從很久以前就是世界政府的研究員，也在溫斯頓的麾下……白隼當時被威脅，要是不把自己的孩子交出去的話就會被殺，因此他才把白夜交給了溫斯頓。」沙利文頓了頓，「一來怕死，再說純種的素材得來不易。」

「……」

「而那位前妻，也就是白夜的母親，不久後也死於意外。」

至於究竟是意外還是陰謀，沙利文不得而知，她與白隼相遇已經是更之後的事了。

沙利文拿出手機，挑出了某張照片給白火看。雖說都是數位化的檔案，螢幕上的照片顯然比現今添了幾分歲月，是白隼與某位女性、以及一位孩童的三人合照。

「這就是妳的哥哥，白火。」

沙利文指著照片上的幼童。那位有著白金色長髮的女性就是白隼的第一任妻子，而旁邊的孩子，自然而然就是她同父異母的哥哥白夜。

「竟然說自己的孩子是素材，妳一定覺得我們瘋了吧。我們確實是一群無可救藥的瘋子……所以才會有罪惡感，才會保護你們作為贖罪。」

目睹照片的那一瞬間，白火就像是受到鈍器重擊般，腦袋一片空白。

尤其是對上照片中那位「兄長」的瞳孔，罪惡感、懊悔、苦澀與悲傷，不計其數的情感化為海嘯填滿她的胸膛，逼迫她窒息。

「妳的父母就是這種人，真是對不起。」

「……」

「雖然不知道勝算是如何，但是……白隼他們打算利用時空傳送儀器回到過去，把梅菲斯殺了。」

——哥哥。

白火在心中默唸這個詞後，粉碎的心靈就像是發出悲鳴般，抽痛的讓她措手不及，當她回過神來時，豆大的淚珠早就竄出眼角，滑到了下顎。

「這場騷動結束後就回家吧，白火。」

沙利文輕柔的撫順著她的背，聽見她的啜泣聲，終於首次像一個人母般，溫柔的將她擁入懷中。

「不是公元三千年，而是回到過去的臺灣——那才是妳真正的歸屬。」

白火聽不見任何聲音。

沙利文無論說了多少安慰的話語，都再也無法撼動她的心靈。

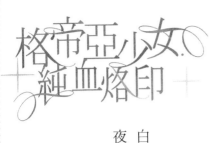

此時，深刻烙印在她雙眼中的，唯有白夜那完美到不禁讓人懷疑是否為造物的精緻面容——那白金色的短髮，赤紅色的瞳孔……

★※★◎★※★

「你還記得你的名字嗎？在永晝時誕生的你，於白色的夜光中降臨於這個世界——白夜，你的名字。」身體逐漸被時空裂縫的沼澤吞噬，白火對著梅菲斯哭吼：「你是白夜。點亮黑暗的……白色夜光。」

梅菲斯發出囈語般的低聲：「白、夜——」

「沒錯，你的名字！白夜！」

人體實驗下受到的侵蝕與控制導致思緒模糊不堪，梅菲斯腦海內的某塊領域正隱隱作痛，回憶如散彈般在腦中逸散開來，他似乎拾回了相當重要的記憶──他的名字。

曾經捨棄、刻意遺忘的，點亮黑暗的白色夜光。

「就算現在活在生不如死的地獄中，但我向你保證，未來的世界一定非常美麗。」

梅菲斯用手遮掩住發抖的雙唇，赤紅色的眼瞳似湧泉，隨時都會落下晶滴。

雲層被捲入時空裂縫的氣流形成了漩渦，浮游於天空中，像極了紫色泥沼。白火的身影逐漸沒入縮小的黑洞中。

「我們一定還會在未來相見的！到時候請一定、一定要認出我來！」

「妳到底……是誰？」

「我的名字是──白火！」

紫色裂縫終於在此刻完全壓縮空間，恢復成天空的一道細縫。

白火和諾瓦爾的身姿無影無蹤。

狂嘯風聲自耳邊遠去，灰色厚雲彷彿被吹開的煙霧般，一瞬間化散而開，正午的明亮藍天再度從雲層裡探出頭來。藍天與海面的光芒相互輝映，交織成一片鼓動著心扉的薄幕光網。

「白、火……」

梅菲斯失去意識前又重複了一次這個名字，最終闔上雙眼，橫倒在地。

★※★◎★※★

白火像是害怕一碰觸就會支離破碎似的，輕柔而膽怯的握住諾瓦爾的手。

青金石暫時抑制住病情，諾瓦爾被黑紋病纏身的右手臂再也沒有漫出詭異的黑光，然而黑青色血跡仍透過繃帶滲了出來。

兩人像是身處在紫色的海洋之中，於時空裂縫裡載浮載沉，不擅長在這種奇異空間移動的白火只能攀住身為傷患的諾瓦爾，這副模樣有點像是沉船小舟。

「……對不起。」

當初撞開暮雨，自己前往過去刺殺梅菲斯的計畫以失敗告終，還讓諾瓦爾再度開啟時空裂縫將她帶回來，根本是成事不足，敗事有餘。

「這是青金石形成的時空裂縫，所以沒關係的，我的身體沒事。」已經不知道是第幾次利用時空裂縫把自家小姐抓回來了，諾瓦爾有些頭疼的說道：「您要是真的感到抱歉，就不應該總是擅自行動。我沒辦法一直跟著小姐呀。」

「諾瓦爾，你的傷——」

「請不用擔心，我的病情已經抑制住了，加上暮雨給的青金石，總覺得身體意外輕盈呢。」諾瓦爾像是從未發生過異狀似的，笑得一臉悠哉，「說不定事情告一段落後，淪為恐怖分子通緝犯的我還能跑給您追喔。」

「不要開這種玩笑了……」

梅菲斯還活著，公元三千年的災厄也尚未結束，事情告一段落什麼的，真的有辦法奢望嗎？

白火粗魯的抹去殘留在臉頰上的風乾淚痕。臨走前，梅菲斯那哀傷到讓人心碎的神情在她腦中揮之不去。她無法下手奪去對方的性命，但在那種狀況下徒留他隻身一人，簡直是比死還要更痛苦的折磨。

因為她的疏失而改變過去，未來隨之牽動，公元三千年的梅菲斯和溫斯頓又會出現何等劇變？

「雖然這麼說有點奇怪，但是……太好了，小姐。」諾瓦爾突然這麼說道。

「若是您真的取走梅菲斯的性命，我真不知道該怎麼向老爺和夫人交代。」他琥珀色的眼珠子添了一股黯淡，「弄髒雙手這種事情只要由我們來做就行了，您將來必須回到二十一世紀，不應該承擔任何風險。」

他說出和沙利文相同的話：回到過去的臺灣吧，那才是妳真正的歸屬。

「……你一直都知道嗎？」

「是？」

「梅菲斯就是……白夜。」

「……老爺曾經向我提過白夜少爺的事情，但也只是點到為止，剩下是我自己調查的。」諾瓦爾遲疑了數秒，最後選擇全盤托出：「老爺獻出少爺後，立刻被溫斯頓調職到遠處，並在新職場與沙利文夫人相識。關於白夜少爺的去向，老爺無從得知，甚至早就認為少爺已經死在人體實驗下。」

「但是，白夜他……之後成為了ＡＥＦ的一員。」甚至還受溫斯頓的命令，化名潛入管理局，頂替了暮雨的武裝科科長職位。

「在ＡＥＦ遇到梅菲斯的時候，我也嚇得說不出話來……如此殘酷的事情，我說不出口。」

白夜在潛入管理局的短時間內，將內部情報大量傳送給溫斯頓，才能促成溫斯頓成功的攻進管理局一事。白夜是抱持著怎樣的心情擔任內賊的呢？白火回想起他那不帶一絲虛假的哀傷笑容，胸口又隱隱作痛了起來。

在3005C.E.，那個屬於櫻草的未來時空，白夜當場擊殺了白隼和沙利文，白火回憶著他瘋狂的行徑與狂傲笑容，以及看見青金石的那股孤獨與落寞，光是想像白夜這些年究竟是如何生存下來的，白火感到咽喉一熱，幾乎足以窒息。

「我……果然還是沒有辦法，諾瓦爾。」

「小姐？」

「我知道我們終究沒有辦法拯救所有人，但是為此就要犧牲掉白夜，這種事情我果然還是……沒有辦法接受。」

「您想說的事情，我都知道。」

「但是、這樣是……不行的……我很清楚。」

不可能毫無犧牲。

舉凡所有夢寐以求的幸福與目標，都是建立在犧牲與捨棄上頭。白火深切明曉這個道理。

沒有斥責與怪罪，諾瓦爾憐愛似的撫順她被風吹亂的髮絲，「無論如何，這次就在公元三千年徹底做個了結吧，小姐。」

當時會想回到過去殺了白夜，我或許是瘋了也不一定——諾瓦爾不禁如此暗忖。

他本來就沒有該有的慈悲心，為了守護重要之人，犧牲、抹滅什麼的都做得出來，要他不擇手段殺了年幼的白夜自然不在話下，然而這種強硬扭曲所得到的結果，真的是他們所希望的未來嗎？

每當黑紋病的傷口泛血發疼時，諾瓦爾總是心想：在這數千、數萬個平行時空中，一旦牽動其一便會觸動全數，究竟哪個才是真正屬於他的歸屬呢？

也或許，他打從一開始就不該把白火重新帶來公元三千年……

「諾瓦爾，你會恨我嗎？」紫水晶色的時空黑洞之中，兩人繼續向前飄浮。沉默許久的白火突然如此問道。

「怎麼說？」

「讓你把我帶來這裡，又把青金石給了我……是我害你變成這樣的。」

「小姐會恨我嗎？」諾瓦爾沒有回答，卻反問回去：「您明明能在過去的時空過著安穩舒適的日子，是我自私的將您帶來公元三千年，強迫您恢復記憶。您會恨我嗎？」

「我怎麼可能會恨你！」

「那，我也不會。」

白火感覺到諾瓦爾再次牽上她的手，寬厚的掌心和從前相差無幾，溫暖的像是沐浴在曙光下。又是一陣酸楚橫越白火雙眼，她逞強的把眼睛瞇成一條線。

「無論是怎樣的結局，我都由衷感謝您出現在我的世界裡。」

諾瓦爾露出像是隨時都會落淚的愁緒笑容，他把手滑動到白火眼睛，輕輕一抹。

白火這時才發現——自己哭了。

眼淚像是潰堤似的，從眼中盈湧而出。諾瓦爾的笑臉也隨著淚珠的折射，浮出萬花筒般的模糊景象。

「告訴您最後一個秘密吧，小姐。」

「諾瓦爾？」

「您知道當初我接受人造烙印實驗時，為何有辦法避開藥物與晶片控制嗎？」

諾瓦爾提出她無法回答的疑問，逕自說了下去：「是白夜少爺……也就是梅菲斯救了我一命。」

「什麼？」

「在3010C.E.，我在接受實驗時遇見了梅菲斯。梅菲斯看見我身上的青金石後，出現了嚴重的精神與記憶混亂，甚至險些發狂……但是，最後他找回了理智，並私下讓實驗成功的我離開了，因此我才有辦法避開之後的精神控制。」

「……」

「臨走前，梅菲斯對我說道：『請阻止過去的我。』說來丟臉，或許這句話……就是促成我始終無法殺害他的理由吧。很抱歉，都是出自於我的優柔寡斷。」

梅菲斯——白夜的心中，必定尚存著憐憫與慈悲。

就算在崩毀的未來之中，就算他已經發狂，也並非完全拋棄了理性與寬恕。諾瓦爾如此說道。

「現在想起來，未來的梅菲斯之所以會救我一命，或許和小姐現在的這番行動有關也不一定。」諾瓦爾提出了相當沒有邏輯性，卻無比讓人深信的假說，「還真是天大的時空悖論，究竟是何處先起頭，誰也無法解釋。」

為什麼要在最後告訴我這些呢？白火發不出聲音追問，事到如今，這些真相只會讓她的決心再次動搖而已。

「您已經下定決心了吧，小姐？」

「……嗯。」

諾瓦爾冷涼而令她安心的手，再度疼惜的拭去白火臉上的剔透淚水。

而後他優雅的彎下腰，行了個致敬禮。

「無論您的抉擇如何，我都會成為您的助力，讓您不受任何阻礙繼續向前走。」

★※★◎★※★

諾瓦爾將白火帶回公元三千年時，原先聚集在布瑟斯本家內的管理局局員全都失去了蹤跡。屋外不時傳來轟炸聲與穿梭雲中的機影，ＡＥＦ的軍武緩慢侵蝕著布瑟斯本家的地盤，戰況蓄勢待發。

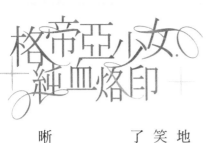

「小姐離開之後，管理局的眾人立刻展開了行動，與世界政府聯合，目前正前往各地應戰，我則負責將您帶回來。」明明戰況如此激烈，這種嚴肅場合下諾瓦爾卻調皮的笑了，「多虧小姐平日的行事作風，大家都相當信任您，絲毫不相信您有能耐能親手殺了梅菲斯呢。」

是褒是貶她都分不清楚了，白火只能虛心接受，「……還真是謝謝喔。」

「那麼就讓我稍微說明一下目前戰況吧。」

諾瓦爾打開會議室裡投射用的大螢幕，五大星都的目前局勢全都投射在螢幕上，清晰明瞭。

目前第一星都已經淪陷，太陽能發電塔所在的中央區出現超大型時空裂縫，規模不斷擴張，已有不少群眾被吸進黑洞裡，政府正緊急疏散人群中。第四星都、第五星都由世界政府頑強抵抗中，暫時壓制住戰況；然而，人造烙印研究所內湧出的黑影怪無法用一般武力解決，政府軍被攻破只是遲早的事。

「而我們所屬的第二星都……則是扭轉戰局的關鍵。ＡＥＦ的主力人員、梅菲斯和溫斯頓一定都在發電塔。同時，尚未脫逃成功的管理局局員依舊被軟禁在ＡＥＦ的總部裡，情況相當危急。」

白火透過監視器看見戶外的景色，武裝軍隊和機器人橫掃街道，這種劣勢下若是又有新的時空裂縫被打開，戰局絕對會就此回天乏術。

「我也……必須戰鬥才行。不可以在這種地方認輸。」

第三次黃昏災厄——她就是為了要阻止這種世界末日的發生，才再次來到公元三千年的。

「那是當然。從小我就陪伴在小姐身旁，您的堅強與勇氣，我比任何人都清楚。」

彷彿早就在等待這句話般，諾瓦爾拿出已經準備妥當的管理局武裝科專用通訊器，熟練的安置在白火耳朵上，打氣似的扶住她的肩膀，將她輕輕推了出去。

「所以您一定沒問題的，我的小姐。」

02. 第三次黃昏災厄

距離第二星都的中心地帶不遠，有座彎月形的人造海域包圍著陸地，形成類似半島的地形，太陽能發電塔就位於彎月流域的一隅。

太陽能為目前世界主要的驅動能源，至今為止，太陽能發電塔由世界政府共同擁有並維護，時常會出現能源分配不均的小衝突。因此，即便設立在中心地帶，為了隔絕人群，發電塔方圓數百公里外的地方築起了隔絕用圍牆，加上半邊被海洋圍繞，抬頭一看那沒入雲端的高塔，總會讓人不禁聯想到通往宇宙的天梯。

溫斯頓率領的AEF軍隊已經占據了五大人造星球的太陽能發電塔，向來人煙稀少的塔邊如今布滿戒備森嚴的軍隊。在清晨陽光的照耀下，黑衣軍隊以及機器人的銀色機身，彷彿繁茂樹葉般包圍著發電塔大樓。

「喂喂喂，麥克風試音，麥克風試音──大家聽得見嗎？」

破曉時分，安赫爾按著耳邊的通訊器，悠悠的拉長了嗓音。伴隨著直升機的螺旋槳聲，把他的聲音捲了進去。

「雖然局裡被抄家了，局員也大多生死不明，不過對方丟過來的挑釁豈有不反擊的道理，總之各位準備好了嗎？管理局第二分局久違的出任務啦！這次不只是武裝科，可是全局總動員哦！」

「你很吵。」通訊器另一端傳來暮雨的聲音，原本以為這次荻深樹不在，耳根子可以清靜點，想不到更聒噪的人是自己的哥哥。

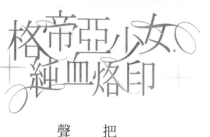

「畢竟一個不小心就會變成是最後一次出任務了，局長我想要溫馨熱鬧的替大家鼓舞嘛——」

「最後一次……不要說這種不吉利的話啦！」路卡不安的吞了吞口水，管理局大半的人都沒回來，要在這種最惡劣的狀況去面對ＡＥＦ的大軍，他很難把局長的話當作是普通玩笑。

「雪莉這裡完全準備好了呦——❤」

接連聽到成員的應聲後，安赫爾滿意的點點頭，「反正第二分局的計畫向來就是沒有計畫嘛，哈哈哈，船到橋頭自然直！最後，就讓我們重新歸隊的暮雨科長給大家一個精神口號吧。」

「麻煩。不要。」

「別這樣說嘛。」安赫爾嘿嘿笑了幾聲，「畢竟……有可能是最後一次啦。」

通訊器裡沉默了良久，沒有人說話，最後傳來了一聲略帶無奈的嘆息。

「統統不准死，就這樣。」說完，暮雨像是害怕聽到回應似的，「喀嚓」一聲馬上把通訊斷了。

「什麼嘛——」、「你在害羞？」、「科長出乎預料的溫柔耶！」等等其他人的笑聲與調侃，他當然沒聽到。

管理局局員被分成數個小隊，安赫爾透過玻璃窗往下一看，直升機要是飛行到發電塔圍牆內絕對會被當場打下來，頂多只能降落在離軍隊有些距離的發電塔外圍空地上，降落後各隊分別行動。

在AEF的威脅下，局員和物資數量明顯不足，除了擬定最基本的行動計畫外，剩下的只能聽天由命。向來不太按牌理出牌的管理局就連最後一次任務都如此簡單明瞭，就某方面而言也算是貫徹始終。

從高空鳥瞰而下，市區盡是軍隊炸出來的黑煙與火光，黑煙裊裊上升汙染了藍色天空。降落後，安赫爾、暮雨、白隼、沙利文等人跳下直升機，搭上事先準備好的黑色箱型車，朝軍力相對薄弱的發電塔的背面入口駛進。

「我會把車開進去，剩下的你們自己想辦法。」沙利文依舊負責駕駛，只要突破包圍網，把人送進發電塔裡就算成功了。

確認成員坐穩後，她催動油門朝發電塔圍牆的鐵柵門衝刺。時速飆升，僅僅不到一公里的距離，卻漫長的宛如永無止境的蜿蜒山路。

只見箱型車和鐵柵門的距離一點一滴的縮短，差不多剩下五百公尺時，遠方忽地飛來一道火光將鐵柵門炸出一角窟窿，爆炸火花四散，順便炸飛了門邊負責警備的軍力。

「趁現在衝進去！」通訊器傳來路卡的聲音，此時的他位於遠方高處，俯伏在地，位在胸膛前的狙擊槍口飄散著硝煙。

「抓緊，要衝了！」沙利文油門催到最底，闖進路卡炸出來的窟窿。

途中車身和洞口不合的緣故，牆邊和鐵柵門擦上車身，產生刺耳的金屬磨擦聲和劇烈晃動，加上迎面而來的槍林彈雨——雖說是防彈材質製成的車身，但還是擋不過全部的攻擊，差點翻車。

廂型車像是瀑布逆流的鱒魚，向上一躍，車輪轟隆轉動，落地的同時沙利文方向盤馬上轉到最底，九十度甩尾把黏在車身上的軍人甩掉，中途甚至聽見了輾碎某種東西的聲音。

暮雨打開車窗，直接朝迎面而來的機器人開了好幾槍，打中類似驅動中心的部位，鐵塊登時爆炸瓦解。然而，不計其數的敵軍打退了一批又湧上來新的一批，根本沒完沒了，「安赫爾，想想辦法。」手邊又沒有烙印力量可以反擊，煩躁到極點的暮雨轉而回頭望了安赫爾一眼。

「你吼我也沒用啊。」安赫爾聳聳肩，開始想著自己把前面的軍隊統統緩速，再讓弟弟一個個當標靶打掉會不會比較快。

倒是白隼索性開了車窗，「喂喂，博士，這樣很危險——」他不顧安赫爾勸阻，露出了半截身子。

然後，暮雨看見——白隼的手上凝聚了某種黑色元素。

白隼像是抓到什麼東西似的，把掌心裡的東西一扯，牽動手臂的同時，眼前的軍隊就像是磁鐵前的鐵塊般，被強大的引力牽引，像骨牌一樣全倒了過去。

白隼手裡的，是影子，軍隊士兵們的影子。

他從未見過純種的白隼使用過烙印力量，但那身控制他人影子的姿態太過熟悉，他一時間啞口無言。

梅菲斯——暮雨腦袋冷不防閃過這個名字。

「凝事！」沙利文也不落人後的從前座置物箱裡摸了個東西，咬掉栓子朝窗外直接丟出去，車子一個拐彎的同時，後方馬上傳來驚人的爆裂聲，炸飛了不少鐵塊和人類。

看著這對純種夫妻檔，安赫爾打從心裡認為白家一夥子是同伴真是太好了。

突破軍隊，成功趨向發電塔入口後，幾輛車也依循著他們殺出的血路衝了進來，是其他前來支援的局員和政府援軍，這下暫時算突破了第一道關卡。

「趁現在快出去。」沙利文透過後照鏡看了暮雨一眼。

暮雨點點頭，推開車門衝了出去。

安赫爾看著毫不留情把軍人踹飛的暮雨，低聲說了句：「活著回來啊，老弟。」

「你也別死了。」暮雨頭也不回的衝進發電塔內。

成功的把大部分局員送進發電塔裡之後，沙利文又是方向盤一轉，把車子重新開往入口方向。他們並沒有打算全員攻進發電塔，而是要分別前往兩處——安赫爾的目的地不是這裡，而是挾持著剩餘管理局局員的特情部總部。

差不多要脫離戰前區域時，一發子彈打了過來，車子不知為什麼重心一偏，一個失速往旁邊傾斜，「喂喂，不會是爆胎了吧！」急速轉彎的緣故，車子雖然沒撞到牆，但安赫爾整張臉都黏在玻璃上了。

沙利文「嘖」了一聲，前方的強化玻璃裂了幾塊。她粗魯的抹開黏在臉上的血跡，開始倒車，沒想到車身才一轉，視線突然一黑，猛然有臺機器人出現在眼前，把機關槍炮火對準車身。

渦輪般的機槍炮彈閃出火焰，即將把他們連人帶車燒個精光的同時，遠方又是一道閃光，一束彷彿箭矢般的銳利光芒穿破機器人的銀色機身。

炮彈還沒射出的狀態下，機器人從內部炸裂，炸得外殼彷彿煙花般粉身碎骨。

「局長，沒事吧？！」通訊器傳來路卡的呼喊。

「真是好身手，我還以為差點要死在這裡了呢。」安赫爾揮掉身上的玻璃碎片，順便拍拍耳鳴的耳朵。多虧那一撞，車子的強化玻璃全碎了。

沙利文在狙擊槍的掩護下，迅速衝出炸了個窟窿的柵欄口，一手壓低著耳機，「謝謝你。」

「我才沒打算救你們，你們只是運氣好和局長坐在同一輛車上罷了。」路卡冷哼一聲，「世界會變成這種亂七八糟的模樣，你們可得負一部分責任。所以誰都不准死，給我好好活下來贖罪！」

「……不用你說我也明白。」

好不容易全身而退，但車內的氣氛實在有點劍拔弩張，安赫爾無奈的聳聳肩，乾脆問起了自家人的安危：「暮雨老弟，如何，成功衝進去了嗎？」

「這裡暫時沒問題。」

聽他口氣格外低沉，一點也不像是沒問題，安赫爾直覺有點不對，「怎麼啦？」另一頭沒回話，嫌麻煩似的斷了通訊。

「又來啦？還是一樣冷淡。」被掛電話掛到習慣的他眨眨眼，不過既然對方說沒問題，那應該就沒問題吧，「那麼我們的第一步大功告成，趕場去下個地方吧。」

人雖然送進去了，但車子也差不多變成了破銅爛鐵，希望能夠平安無事開往特情部總部，他如此禱告。

這時，白隼突然看見遠方又有輛車開了過來，「……那是誰？」

這種戰火遍及之地絕不可能有人開車來觀光，況且包含他們，全部的車輛應該都開始脫離戰場了才對。

眼前那輛貼滿強化板金的黑色車子以驚人的速度飆向他們剛衝出來的柵欄口，速度飛快，但不知怎的呈現相當可笑的蛇行狀態，衝破柵欄的同時還差點歪了方向，車身削過一點鐵牆，擦出火光。而車子裡的人發出驚叫，劇烈搖晃了好幾下。

「那到底是誰啊？」安赫爾也傻了，看起來開車技術奇差無比。

「是、是我！」通訊器傳來久違的呼喊：「第二分局武裝科科員，白火歸隊了！」

「白、白火？！妳回來了？！」路卡爆出一聲驚叫，這人不是才剛回到過去把小梅菲斯幹掉嗎？也太快回來了吧！「梅菲斯呢？」

「對不起，我……」白火停頓了幾秒，沒再說話了。

路卡馬上明白了她的意思，說來也是，如果她成功幹掉了梅菲斯，現在大家也不用在這裡展開世界大戰。

「果然和暮雨老弟說的一樣。」安赫爾訕笑了幾下。

「咦？」

「他百分百咬定妳會放梅菲斯一馬，空手而歸，事實證明果然沒錯。」安赫爾悠哉的笑出一口白牙，「歡迎歸隊，白火妹妹。」

「就憑妳，哪可能辦得到那種事。」耳機裡罕見的傳來暮雨的冷哼。

不愧是兄弟，哥哥吐槽完後弟弟又接著補了一槍，白火只覺得自尊心好痛。

「過來，我在上面等妳。」暮雨接著說道，單單幾個字就讓白火挺直了腰。

「我知道了！」白火縮緊肩膀，轉動方向盤，多虧剛才管理局率先衝破了陣線，軍隊數量大減，才沒什麼阻礙。

只是不知道怎麼回事，前面明明該右轉的，車頭卻往左偏了過去，差點撞上牆，倒是輾到某個不知道是人還是機器的東西，車底下發出「砰」的一聲。

「白火，妳到底會不會開車啊！」遠方透過狙擊鏡打算支援射擊的路卡看到這幕直搖頭，這人怎麼沒有遺傳到她母親卓越的駕駛技術啊？

「我是第一次……」她只有騎過機車啊！根本是不同世界的東西！

「哈啊？不是有自動駕駛系統嗎？！」這人根本超浪費他們公元三千年的高科技發明！第一次開車是怎麼把車子開進來的啊，能衝進圍牆裡根本是奇蹟了吧？！路卡開始好奇紅髮貓眼究竟是怎麼教育他家小姐的了，「總之隨便都好啦，開進來就對了，路上的麻煩東西我幫妳打掉！」

白火光是開車就費盡心力，只能點頭當作回應，雖說光是點頭對方根本看不到。

「回去之後我教妳怎麼開車，妳那種駕駛方式絕對會出人命！」

聽到這，她沉默了一下，「嗯，回去……回去之後就麻煩你了。」然後如此說道。

她努力調正方向盤，駕駛車子衝向發電塔圍牆內。

★※★◎★※★

「給我進去！」

「噗！」被粗魯的推進充當禁閉室的房間內，不慎跌倒的荻深樹發出不太文雅的哀號，「推什麼推，我自己會走啦！」她凶狠的往後面一吼，不轉身還好，一轉身只看見一個烏黑發亮的槍口正對準自己，「好、好啦，我走就是了，我走就是了嘛——！」然後相當沒骨氣的自己爬進禁閉室內。

數秒後，芙蕾也像是貨物一樣被粗魯的扔了進來。ＡＥＦ的軍人將門一甩，鎖上禁閉室。同樣身為管理局好夥伴的兩人面面相覷，嘆了一口長氣。

「把我們整整關了一集還不夠嗎？再這樣下去人家都沒有出場機會啊……」太可惡了，這可是完結篇耶！但是人質就該有人質的樣子，荻深樹抱著膝蓋，相當守本分的縮到牆角。

自從分局被溫斯頓抄家、局員被抓去特情部也過了一段時間，在這之間她偷聽到似乎有一部分人被救了出去，因此剩下沒逃脫的局員才會像這樣被抓到更為嚴密的設施關起來。包括她和芙蕾這種手無縛雞之力的行政人員，特情部的人似乎沒打算放過任何管理局局員。

「這陣子外面不知道發生了什麼事。」芙蕾來回在房間內踱步，看起來像是某個辦公室空房，有最基本的沙發家具，當然沒有電腦或窗戶，看不到外頭動靜。

自從被抓來後，雖然輾轉被送往其他地方，但說穿了都是監獄，她完全摸不清這段時間外面的狀況如何。不幸中的大幸是沒被殺掉，文官就是有這種好處……芙蕾偷瞄了荻深樹一眼，ＡＥＦ一定還處於占上風狀態，所以才放他們活口，如果真的要殺人質，身為諜報組的這個女人應該會第一個被送上西天才對。

「真是的真是的，那些軍人就不會溫柔點嗎？人家是楚楚可憐的女孩子耶！」荻深樹還在發牢騷，講到一半卻突然停了一下，「……啊，女孩子。」

「怎樣？」

「芙蕾小夥伴，其實人家有個秘密一直想告訴妳……」

荻深樹摸摸自己的肚子，語重心長的說道：「其實我懷孕了。」

「啊？！」

十五分鐘後，芙蕾一反平日的鎮靜，用力敲打門扇大吼：「開門，快點開門啊！」門外站崗的軍人當然不予理會，芙蕾嘖了一聲，抬起腿狠踹了門幾下，「叫你們開門聽不懂嗎！給我開門！你是要小孩死在肚子裡嗎？一群沒長腦袋的白痴！」等到門外的軍人透過玻璃窗口看向她時，她還順便比了個中指。

激將法奏效了，禁閉室外的軍人馬上解鎖衝進來，拿槍對準她們，「搞什麼？」想不到才剛走進來，就看見有個女人倒在地上，發出痛苦哀號。

「救、救命……拜託，好痛……」荻深樹按著鼓起的腹部，冷汗滲滿臉龐與脖子，濡溼了櫻花色的頭髮。

「喂，妳、那個——」

「……救救我……我快要不行了！好痛！」終於忍不住了，她哭著大吼道：「羊水破了啦——！」

軍人驚恐到差點滑了手上的槍，「什麼？！孩子……要、要在這裡生嗎？」

「說什麼鬼話！常識不足也該有個限度！」荻深樹痛歸痛，還是吼了回去：「你們這群死沒良心的傢伙，忍心看著一個孕婦把小孩生在這裡嗎？要是知道自己竟然是在這種地方出生，我是小孩的話就絕對馬上用臍帶勒死自己！」

「妳、妳等等！那我該怎麼辦才好？！」

「當然是快點叫救護車啊！手機，手機！你們這群腦袋都是鐵塊的大笨蛋——！」

被她這連珠炮一罵，加上那即將臨盆的大肚子，軍人一時不知所措，乖乖聽話拿出口袋的鐵塊一伸——才剛拿出手機，後腦杓傳來沉重的鏗鏘聲，軍人一悶哼，側身往旁邊倒了下去。

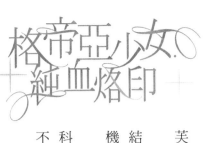

「辛苦了，所謂惻隱之心不可無，您真是軍人的好典範。」不知何時站在他身後的芙蕾高舉著房間內的花瓶，這朝對方腦袋一敲的力道還不小，花瓶濺了不少水出來。

她把花瓶放回了原位，謹慎的把房門先關起來，然後脫掉自己的外套，撕成長條打結充當繩子，把被砸暈的軍人五花大綁。確認對方暫時醒不過來後，劫走軍人身上的手機、通訊器和手槍。

見芙蕾用繩子活綁軍人的手腕太過俐落，荻深樹突然想起在局裡曾聽說過這個鑑識科的女人入局前好像混過一陣子，學生時代好像還是什麼區域的掌權大姐頭。所謂無風不起浪，看來謠傳有一定的可信度。

總之怎樣都好啦！荻深樹抹掉臉上的汗水——應該說是花瓶裡的水，然後把衣服底下的某個東西抽了出來，是坐墊。

「啊——孕婦果然會腰痛是吧，重勞動活、重勞動活。」她煞有介事的揉揉自己的腰，早知道孕婦作戰計畫會如此順利，一開始被抓來就該假裝臨盆了。

芙蕾只是極其無奈的看了她一眼，這女人未婚，也沒有先上車後補票的跡象，最好只是肚子塞一個坐墊哭天喊地個幾下就會腰痛，「竟然真的成功了，見鬼。」

更見鬼的是當荻深樹提出這計畫時，芙蕾還真以為對方懷孕了。想想，荻深樹的小孩啊，媽媽都這副德性了，小孩絕對更勝於藍，世界會毀滅吧。

「然後呢？現在該怎麼做？」

「妳不該問我吧！孕婦主意可是妳想的耶！」芙蕾差點沒拿起花瓶再砸一次人，不過還是很配合的開始思考，「我想想……當然是先逃出去，再找找有沒有其他被關的人吧。」如果要救人的話，不知道光手上這把槍能夠和軍人們硬拚多久，她突然有點想念神擋殺神、佛擋殺佛的武裝科，當然不包括眼前戰鬥力零的某通訊官。

「我說，既然都來到人家老巢了，我們要不要做點更刺激的事？」

「嘎？」孕婦已經夠刺激了吧。

「我很在意上次把我們通訊系統打爆的生化人小夥伴呀——」

這人在說什麼外星話啊？芙蕾背後一涼，感覺很不妙，「妳又再打什麼鬼主意……

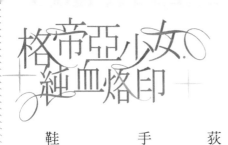

喂，給我等等！」

話還沒說完，丟開坐墊一身輕的荻深樹就跑出了禁閉室外，向來做事毫無邏輯性的她這次至少學會了教訓，手上握著烙印召喚出來的短刀。雖然稱不上能保命，但至少不會死得那麼快。

芙蕾嘖了一聲，「給我站住，很危險啊！」她一邊跑，一邊把搶來的手機重新設定好，找出特情部總部的內部地圖，瞄了幾眼就馬上關掉定位系統以免被發現。

她才剛拐出門外，就看見眼前的荻深樹發出慘叫：「嗚哇哇哇——！救命啦我要死掉了！」

戰鬥力只有村民等級的某通訊官才剛衝出門外，立刻被新的追兵用步槍抵住額頭，荻深樹相當沒種的往後一倒，一屁股坐到地上。

「人質怎麼會……不准動！」追兵怒喊。

「把身子壓低！」芙蕾二話不說，反常的鎖住扳機，改握住手槍槍管，水平式的把手槍像丟迴力鏢那樣往前一甩，手槍快準狠的砸上軍人的臉。

軍人發出一聲哀號，手滑射了發子彈，打到距離荻深樹十公分旁的地板上。

「夭壽！」

荻深樹縮起肩膀尖叫的同時，遠方的芙蕾早就身子一躍，迅速俐落的來了個飛踢，鞋底紋路清楚的印在軍人臉上。

華麗的落地後，芙蕾拍拍身上的塵埃，把充當迴力鏢的手槍扔到荻深樹手裡，自己則拿起比較重的步槍，「蠢女人，妳是想被打成蜂窩嗎？！」

撿回一條命的荻深樹只有一個心得：「哇塞，還真的是混過的……」並且完全沒有擅自亂跑該有的愧疚，「可是被女人保護，一點都沒有心跳加速的感覺耶……」

「給我閉嘴，乖乖躲到我後面！」

芙蕾把礙事的通訊官抓過來壓在陽臺欄杆上，「敢再亂跑，小心我直接把妳從三樓窗戶扔下去！」她相當確信還沒救出其他局員，自己就會先被這鬼同事氣死。

一波未平一波又起，方才的騷動剛結束，走廊另一端又傳來倉促跫音。

「又追上來了？」明明她早就關掉手機定位了，該不會已經被發現了吧？

「芙蕾小夥伴，冷靜點，冷靜點嘛——」

雖說平常白目到沒下限，這下真的有可能會被扔下陽臺的荻深樹難得也感受到了生命危機，她乾笑了幾聲，然後——「噗啊啊啊！」領子突如其來一緊，她整個人被芙蕾丟了出去。

芙蕾直接把礙事的同僚當作障眼法般往衝過來的追兵一扔，「煩人的傢伙，統統給我去死吧！」

而敵人多半沒想到她會沒血沒淚的把同伴當成沙包丟過來送死，當場愣住。

芙蕾迅速踩住陽臺欄杆，拉高視野，同時間扣下扳機往下方射了一發子彈。

當初被溫斯頓抓來是因為同事被挾持住，她不敢輕舉妄動，現在人身獲得自由，唯一留下來的同伴又不懂看情況，她索性不管了，打算直接大開殺戒。

殊不知她眼睛朝下一看，才發現——這追兵綁著一頭眼熟的銀白色馬尾。

「你、你是——」來不及了，手指已經扣下了扳機，然而芙蕾一對上眼前敵人的赤色眸子，身體登時像是水泥塊一樣沉了下來，不由自主被放慢了速度。

她慢了幾秒開槍，子彈飛出去時，對方早就抓著荻深樹往旁邊一倒，躲了過去。

「許久不見，妳第一句話就是叫我去死啊……我難過的都要哭了。」一頭銀白色中長髮的青年苦笑了幾聲，赤紅色眼瞳轉回原本的湛藍色，「要不是純種，我可真的要死了，哈哈哈。」才剛相見歡就這麼熱情，真是不得了。

被當作沙包扔的荻深樹痛哭流涕的抱著青年大叫：「這不是安赫爾小夥伴嘛——！你竟然還活著！」

「真是可喜可賀，可喜可賀啊！」安赫爾幫她接了這句口頭禪。

「荻通訊官我感動到肚子裡的孩子都快出來了，嗚嗚！」

「嘎？」

「不要那麼多廢話！」沒多餘閒暇去感動重逢的芙蕾又罵了一聲，「安赫爾，你怎麼會在這裡？」局長會親自來這種地方不就表示管理局已經解除危機了？

「請當地人帶了一下路，比想像中快許多。」

芙蕾還沒會意過來，安赫爾就指了指身後，又有兩個人從角落走了出來，是一對穿著白袍、疑似學者的男女。

「沒時間向妳們自我介紹了，先帶妳們脫離戰鬥區域，走這裡。」白隼領頭，丟了這句話就往另一邊走廊前進。

芙蕾和荻深樹彼此互看了一下，見安赫爾不疑有他的跟著往前走，便索性跟上去。途中，芙蕾嫌重就把搶來的步槍丟了，且害怕會被再次追蹤，也將手機拋下陽臺。

一行人穿越了類似於密道的地方，總算可以喘口氣時，唯恐天下不亂的荻深樹這時又問了一句話：「我說，你們知道情報室或是機房之類的地方在哪嗎？」

白隼皺起眉頭，「妳打算做什麼？」

「嘿嘿嘿——」荻深樹笑得咧開嘴，讓旁邊的芙蕾又冒了幾滴冷汗。

★※★◎★※★

一個不注意，腹部受到重擊，強勁衝力加上尖細鞋跟造成的點狀壓力，雪莉嬌小的身體直接往後飛，連緩衝也沒有的撞上發電塔四周其中一個支撐鐵桿上。

「砰」的一聲巨響，背脊貼上鐵壁的瞬間好像有什麼東西碎掉的聲音，嗡嗡耳鳴聲讓她腦袋一片空白。

「咳、咳咳……」那高跟鞋根本就和針一樣刺進她的肚子裡，痛得差點讓人咳出血來，「妳這礙事的……臭老太婆！」渙散的眼神才剛聚焦，對面的女人又從大腿裡抽出幾把刀子，把她當成活靶心扔過來。

雪莉身子一橫，下一秒，她原本貼著的鐵壁馬上發出「咚咚咚」幾聲，被釘上了一排利刀。然而，她這一躲也沒占多大便宜，趴在地面的她背後又被踩了一腳，這下她可真的痛到咳出一口帶血的唾沫。

「不就是光有一張嘴而已嗎？發育不良的臭丫頭。」

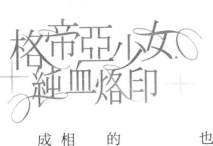

榭絲卡一腳踩在她的脊椎上，腳抬高時，白皙的大腿登時從高衩裙裡露出半截來。這女人竟然在這節骨眼還敢穿這種暴露的衣服到處跑，根本是髒了人的眼睛，雪莉也不想管人體工學什麼的了，以趴著的狀態扭動脖子怒視著她。

遠方傳來該隱的呼喊：「雪莉！」

「該隱，不准過來，你他媽的給我擋好！」

作戰開始時，管理局局員被分派到不同的戰鬥區域，她和該隱稍早就抵達第三星都的太陽能發電塔待機。

這裡和暮雨他們所待的主戰場不同，第三星都的守備稍微低了點，和政府軍會合後相當順利的就攻上塔頂。在塔頂等待他們的，想當然耳是正打算開啟人造裂縫的ＡＥＦ成員榭絲卡。

她是第二次對上這個用飛刀的臭女人，這女人不會飛也不算多強，正想說可以輕鬆拿下時，塔內的四面八方竟然冒出了大量軍隊和機器人的機槍掃射，從發電塔各個出口衝進來，把塔頂的他們團團包圍，情勢瞬間逆轉。

該隱利用結界包覆各大出口，形成一股類似鏡面的厚殼，暫時抵擋住湧入的攻勢。但這只是應急而已，每次槍炮一轟過來，就能依稀瞥見各處的鏡面結界迸出細微裂痕。

突然間，雪莉的身子又被一扯，翻了一圈，榭絲卡徐徐彎下腰來，掐住她白皙的細脖子。榭絲卡深紫色的如瀑長髮貼上她臉頰的當下，一股類似花香的香水味撲上鼻腔，雪莉只覺得作嘔想吐。

就算被掐住了脖子往上提，她也沒打算低聲下氣，「臭女人，妳到底打算怎樣？做這種事情對妳有好處嗎？」居然想做出超大黑洞把星球吞了，幹出這種喪心病狂的事怎麼想都是有害無益，這些恐怖分子全部都是瘋子！

「……妳還記得72區的沙族嗎？」榭絲卡思忖了幾秒，可能想說這也是最後一次對談了，格外健談。

雪莉想了一下，好像在哪聽過，「妳說那群異邦人？」

「沒錯，遭受時空裂縫影響，大量來到公元三千年的時空迷子，身體能力和一般人類無異的……普通而弱小的異邦種族。我是沙族的一員。」

榭絲卡的口氣平順，雪莉卻能從她的眼神裡感受到熊熊燃燒的烈火。

「某天突然被扔來這個世界，又沒有任何力量，因此根本沒有人願意幫助我們，而是把我們當作棄子。」這時，榭絲卡的臉湊了過來，在她耳邊低語：「包括你們，伊格斯特，號稱幫助迷子的時空管理局也捨棄了我們。」

「……」

「沙族就像是垃圾一樣被棄置在某個邊境地區，不時遭受周邊其他民族的迫害，我就是在這種地獄下遇見溫斯頓的——溫斯頓擄走了大量沙族人，給了我們溫飽，卻也將我們投入人造烙印實驗，我就是當中唯一的成功實驗體。」

反正是弱小而悲哀的迷子，死了也不會有人搭理，再划算不過的實驗素材。

「這下妳懂了嗎？我們ＡＥＦ全部都是管理局見死不救的時空迷子，我們會淪為這種怪物，全部都是你們害的！」

雪莉還沒完全理解她的話，「……呃！」就被對方猛地掄去撞牆，扼住脖子的力道再度加重，對方的指甲陷進皮肉裡，缺氧的腦袋一片空白。

「溫斯頓答應過我，只要這次計畫成功，我們就能獲得自由。不被藥物控制，沙族也會擁有新的領土和自治權……為了這些，殺掉幾條人命或是毀掉幾顆星球，怎樣的骯髒事我都幹得出來！」

「干老娘屁事！」雪莉嘶啞的吼回去：「少全部怪到我們這裡來，要是全世界的人都能救，老娘還用得著在這裡和妳拚命嗎？！」她才不懂什麼大道理，但是榭絲卡的話確實讓她的心不自覺的抽痛了一下，「最好溫斯頓那死老頭會守信用！想當什麼悲劇女主角，妳自己一個人去旁邊玩沙吧！」

「我們求助的時候，你們又在哪裡？當初捨棄了我們，現在竟然還有臉自以為是英雄……不要笑死人了，該死的伊格斯特！」

榭絲卡刀子一反握，尖端劃出一抹月光，直逼她的臉頰。

竟然會死在這老太婆手裡，畏死的恐懼讓雪莉幾乎本能的想閉上雙眼，然而眼前飛來的閃光卻猛地拐了個彎往上衝刺，雪莉不敢置信的瞪大眼睛——榭絲卡原本刺向她的刀子，竟然往上飛了出去。

榭絲卡從頭到尾瞄準的都不是她，而是她頭頂上數公尺的鐵桿的其中一角。

「妳——」這女人到底想做什麼？

榭絲卡厭煩的瞪了她一眼，「下地獄見閻羅王吧。」逕自一個後空翻退了開來，飛躍到遠方的塔臺上。

雪莉還沒明白對方撂下的狠話代表什麼意思，只看見——僅是一點點而已，榭絲卡大腿上的人造烙印刺青發出詭異的黑色光芒。

下一剎那，陌生而熟悉的風壓籠罩著頭頂，天空出現了一道深紫色的裂縫。

她抬頭一看，發現不知何時，鎮住發電塔四邊的支撐鐵桿分別插了四把短刀，刀尖凝聚出令人頭皮發麻的混沌氣息，並各自連結成一線，以發電塔四個角為點，勾勒出一個四方形黑色空間。而她和不遠處的該隱，就被籠罩在這黑色空間裡。

雪莉領悟到這個可怕事實的當下，雙腳一沉，硬質地面像是泥淖一樣突地把她身子往下拉，震耳欲聾的風壓咆哮聲颳起，她所在的黑洞開始吸入一切物質。

以發電塔的四根鐵支柱剝離碎裂為始，建築屋瓦、該隱抵擋住的軍隊以及機器人鐵塊，全部被吸進了時空裂縫的血盆大口裡。

黑色龍捲像是渦輪一樣把所有物質捲了進來，鐵片之類的東西劃破她的腦門，巨大鐵塊要撞上她的瞬間，「雪莉，小心！」她的肩膀猛地被人一抓，一層宛如鏡子的玻璃透面在她眼前張設開來。

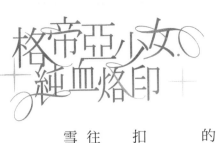

「你這白痴幹嘛過來！」自己跳進黑洞裡來是想死嗎？她瞪向抓住自己肩膀往後拉的該隱。

後者連遲疑也沒有，露出一貫的職業笑容，「科長說過了，大家要一起回去。」

「……那是當然，暮雨先生的話，誰敢違背我就把他吊起來打出去！走了！」她反扣住該隱的手臂，腳一蹬往上跳。

烙印長靴像是裝了引擎般，從腳後跟的地方噴射出兩道白色氣流，她攀住該隱繼續往上飛舞，「抓緊點，被捲進去就完了！」黑洞吸力強勁，加上又抓著一個成年男性，雪莉用盡全力才勉強脫離時空裂縫的拉扯範圍，以緩慢的速度往高空攀升。

她往下瞄，榭絲卡創造出來的時空裂縫朝四面八方延伸，龐大的發電塔建築像是沉入沼澤的石子般被淹沒了大半截。不單單是鐵塔，方才糾纏他們的軍隊、機械兵器、甚至是來不及逃的政府友軍都被捲了進去。

「這是，超巨大型的，時空裂縫……」該隱也隨著她往下眺望，和之前在新聞轉播看到的一樣，從上往下看，儼然就是個能吞下所有物質的黑色蠶繭。

頭頂上的陰影轉動了方向，他們抬頭一看，底部被侵蝕掉的發電塔重心一歪，上頭的鐵柱搖搖欲墜，傾斜成比薩斜塔的角度。雪莉往陰影外的地方飛過去。還沒結束，只要繼續升上高空就還有勝算。

「喂，雪莉小妹子，第三星都剛才傳了警報，你們沒事吧？」通訊器這時傳來安赫爾的聲音，雜訊很重，立刻被現場的風聲蓋了過去。

「對不起，我搞砸了。和第一星都一樣，這裡也開了個巨型時空裂縫，而且越擴越大。」

「哇塞——」通訊器那邊發出「真的假的啊」的驚呼聲，「那你們還是快逃吧，等等裂縫和第一星都的連在一起就完蛋了，說不定整顆星球都會被吞掉。」

「不用你說我也知道。你們那邊如何？」

通訊器那邊沉默了數秒，「勉勉強強啦。」

目前有兩個星都淪陷，雖說已是籠罩在巨大時空裂縫的狀態，但這都還只是「點」的範疇，要是有第三個星都被開啟裂縫，三個點就會連成線，再成為面，形成人類歷史

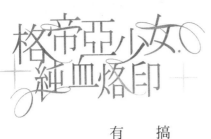

未見、足以吞噬掉人造星球的超大型黑洞。

「喂，我說……這有辦法像開關一樣什麼的關掉嗎？」暫時飛到遠方尚未被黑洞波及的定點，該隱踩在某棟房屋的屋頂上，鞋板貼著屋瓦，總算有腳踏實地的安心感。

「既然是那女人造的孽……大概殺了她應該就行了吧。」那女人應該沒有跑多遠，雪莉循著剛才榭絲卡跳離的方向看過去，果然瞧見有個人影站在尚未被吞食掉的發電塔一角，「老太婆，給我過來！」

狂風吹亂榭絲卡的紫髮，相比前一秒氣勢萬千而瘋狂的姿態，現在竟顯得有些悲哀狼狽。

「這下妳明白了吧？妳所嚮往的未來，妳想回的家，打從一開始就不存在！」

雪莉腳一踢就衝了過去，在空中揪住榭絲卡的衣領，立場完全顛倒過來。

「我是不懂妳有什麼悲哀淒慘的過去，要當什麼悲劇女主角也隨妳高興，但是給我搞清楚……不只是妳，我們也一樣，為了活下去，說什麼也不會輸給妳這種傢伙的！」

她怒吼的同時，凝視住榭絲卡香檳色的眸子，比起對方草菅人命所引起的憤怒，更有種哀傷的情感於心中揚起漣漪。

眼前的這名人造烙印者，如此可悲的——時空的棄子。

★※★◎★※★

彷彿和滿天戰火隔絕在截然不同的領域似的，陸昂站在管理局第二分局的中庭，悠閒的瀏覽著毫無生氣的冰冷空城。

「好了，這下該怎麼毀掉才能兼具爆發力與藝術性呢……」他托起下顎思考，紫色長袍的寬袖口滑落，露出一大截潰爛泛血的黑青色手臂。冬季冷風拂過他肩膀，揚起刺激鼻腔的血腥味。

其實黃昏災厄什麼的怎樣都好，壓根與他無關，到了這種地步，他也沒打算再聽從命令行事。打從成為迷子的那一刻起，他的性命就如蜉蝣般一文不值，精神藥物與黑紋病正以飛快的速度侵蝕他的壽命，死亡距離他僅有一步之遙。

不想抵抗，也沒打算垂死掙扎，陸昂只是單純的、純粹的凝視著遠方。

陸昂召喚出一路陪伴他走來、那憎惡嘔心卻又無法放手的烙印軍刀，於天空割出一道人造裂縫。

——就這樣把管理局全吸進黑洞裡吧，轟轟烈烈的結束倒也是種美。

「日安。真是個美好的午後。」

人造黑洞才剛如扇貝的殼般開啟，一條宛如雨絲的絲線就纏繞住他高舉的手臂，陸昂罹患黑紋病的黑色手臂被絲線壓出痕跡，手被迫一抖，高空上的紫色裂縫就像是癒合的傷口般緊密縮小，連道疤痕也沒留下。

「趕路花了我不少時間呢，骨頭好痛。」

身後的諾瓦爾也是始終如一的自信笑容，按住黑色禮帽帽簷，又低聲說了句：「真是失禮了。」把挾持住陸昂的操偶線收回去。

私人直升機加上特殊運輸工具，在這種節骨眼竟然還能效率超高的抵達目的地，諾瓦爾真是佩服布瑟斯本家到五體投地的地步。反正自己之後也無處可去了，不知道這場戰爭結束後，布瑟斯願不願意收留他當新管家。

「這不是叛逃的流浪貓嗎？真是許久不見，你還有臉回來呀？」

「說什麼叛逃，我一開始就不是那裡的人。」諾瓦爾聳聳肩，兩手一攤，「我也沒想到你會在這裡，不聽從溫斯頓的命令了嗎？」

「別提那臭老頭的名字，聽了就想吐。」

冷風吹拂著陸昂垂在腦後的長辮子，那飄揚飛舞的長髮辮有點像是毒蛇的蛇尾。

「我啊，現在在想一件事情。」陸昂用下巴點了點數十公里遠、屹立在遠方的太陽能發電塔，而後又轉回來看著眼前的管理局大樓，「那就是死前，能夠把多少東西抓過來一起陪葬。」

「還真像反派會說的話。」

「老子本來就不是什麼自以為是的正義夥伴。」

兩位受病痛侵擾的青年瞪視彼此，空氣中夾帶著腥風血雨，顯得有些淒涼可悲。

「我見過你，陸昂小朋友。」諾瓦爾突然丟了句不明所以的話。

「你是病到糊塗了嗎？說什麼夢話？」

「不只是現在的你，以前的你、或是未來的你，我都見過了。你一直在計畫有一天逃回原本的時空對吧？」

「……你哪來的根據？」

「只是終究會失敗。你也知道人造烙印者活不久，不是死於黑紋病，就是叛逃被抓回來處理掉。在未來，負責把你追回來的人就是我，那是我的第一個任務。」

諾瓦爾不顧辮子青年瞇起的冷峻眼神，侃侃而談下去：「首次任務要是不能博得信任就完了，所以我說什麼也只能殺了你。」

「……」

「或許是謀求同類的緣故吧，也可能出自於罪惡感，穿越到公元三千年後，我才會主動成為你的搭檔。」

諾瓦爾可以清晰看見陸昂即將化為失去理性的野獸，連帶著他發怒而顫抖的肩膀，腳下的影子也猶似斑駁樹影般搖晃著身姿。

「我和你一樣，只是想回到自己的歸屬而已。我有必須回去的地方，有想見的人，所以才會站在這裡。無論是過去、現在、甚至是未來的你，我都見過了，陸昂，你一直都在尋找回去的方法吧？」

他們都只是想再見某人一面而已，在被黑紋病徹底侵蝕之前。
「所以，你就相信我一次吧？」
「……一堆狗屁不通的道理，少自以為是了，你這叛徒懂什麼啊！」
囤積許久的怒氣終於化為熔岩爆發開來，陸昂忍無可忍的大吼。
一陣冷風揚起，他側身抽出的軍刀隨著一蹬步，毫不留情劈向諾瓦爾用來防禦而撐起的銀色絲線薄網。
「明明都是可悲的人造垃圾，憑什麼……憑什麼就你一個人得到救贖啊！我可不會原諒你！只要我還活著的一天，你就別妄想能全身而退！既然我沒辦法活著，同樣的，誰也別想逃走！」
——全都是那個某天莫名其妙出現在我眼前的黑洞的錯。
陸昂一面心想，氣勢如虹的割開絲線，一個迴旋踢把昔日戰友重擊到遠方。
那天，不符合邏輯的時空裂縫張開血盆大口，把他吞了進去。他來到自己遠遠無法想像的未來，被來不及趕到現場的時空管理局放棄，橫死街頭之際，是溫斯頓送給了他從來不曾奢望的衣食溫飽。
然而，那並不是結束，只是邁向所有終焉的序曲——他被送進了永不見天日的實驗室裡。
「你以為老子是自願成為這種怪物的？聽清楚了，黃昏災厄什麼的我才不想管！星

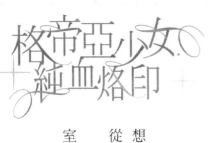

球毀滅？就算世界末日了我也不痛不癢！老子不過是因為成為迷子才變成這樣的！像這種只為狗屁不通的歪理而活，沒有尊嚴、不容許自我意志、比機械還不如的人生，你以為我想嗎？！」

被洗腦，被竄改記憶，尊嚴像紙屑一樣飄零，像陰溝老鼠一樣卑賤，就連死亡也不被原諒。

他究竟是犯下什麼錯，非得遭遇這種比死亡還痛苦的罪過？

「但是我根本不可能擺脫這種命運……如果沒有溫斯頓，我早就死了！所以我才討厭伊格斯特！你們明明就有力量可以保護迷子，可以改變我們的命運，為什麼當初不對我伸出援手？！黑紋病、烙印力量什麼的我統統不稀罕，我只想像個普通人一樣自由的活著！」

如今的陸昂遠比以前來得脆弱，諾瓦爾閃開攻擊，轉身反握住他打算劈向第二刀的手臂，回扣住一轉，當場將他制伏在地上。

鑲入晶片的胸口傳來撕裂肺腔的疼痛，長期未服用藥物的喉嚨像被投了一把烈火，陸昂彷彿哮喘般急促呼吸，然而無論吸入多少空氣都無法灌溉他乾渴的喉嚨。

「我只是、我只是……想要回去而已啊……」

軍刀脫離掌心，「匡啷」一聲滑到數公尺遠，隨後像是幻象般的解體，化為一道光束收回他手背上的人造烙印中。

陸昂咳出一口腥臭的黑血，黑紋病末期產生的病痛啃蝕著他最後一點思緒。算了，怎樣都好，就在這裡睡去吧，他放棄最後一丁點掙扎，跪倒在地。

儘管如此，有隻手就像是連他死亡的權利也打算剝奪似的，攙扶住了他的肩膀。

「吞下去。」諾瓦爾粗魯的把某種白色藥錠塞進陸昂的嘴裡，「戒斷症狀用的抑制藥，多少能撐點時間。」但是不可能根治，這點他們都明白。

「你這傢伙，到底是……」

「我們不可能拯救全部的人，也不可能互相理解。」這一輩子也無法辦到。皆大歡喜的結局原本就只會出現在童話故事裡，「但是……就算只是微乎其微也好，只要有機會，我就不打算放棄。」

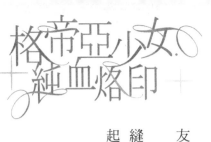

等待陸昂的呼吸變得平順，諾瓦爾第一次、恐怕也是最後一次溫柔的支撐住昔日戰友。時間一點一滴流逝，對他們而言，此刻每一秒都彷彿一世紀般長久而珍貴。

雖然目前自己黑紋病的病情已獲得控制，白隼博士仍囑咐他不要再輕率開啟時空裂縫，不過諾瓦爾在心中說了句「真是抱歉，果然還是沒辦法遵守約定」，攙扶著陸昂站起來。

諾瓦爾握有操偶線的手一揮，頸項上的玄色刺青隨之共鳴，泛出一團黑色光芒。

和早已習慣的風壓一起，眼前出現了一道足以容納一人通過的時空裂縫。

「如果是我的話，要是死前能見到想見的人，沒有比這更幸福的事情。」諾瓦爾領著陸昂緩慢的走向黑洞入口，有些哀傷的笑了，「雖然對被留下來的生者而言，挺不負責任就是了。」

就像是稍早替自家小姐送行般，諾瓦爾輕輕的將陸昂向前推。

「去吧，陸昂，不要後悔。用你最後的時間去見你想見的人。」

不要回頭。諾瓦爾在心中說道。

「現在這個未來，已經沒有任何東西可以控制你了。」

陸昂被碰觸到的肩膀微微顫抖了一下，那抹寂寥的背影有點像是長期被遺棄、於大雨中淋溼身體的流浪貓。

他躊躇困惑的前進了幾步，停下來，又向前走了些許距離。

最後，他像是下定決心似的，握緊拳頭全力衝刺，消失在時空裂縫的盡頭。

看著昔日搭檔的身影完全沒入紫色星海裡，諾瓦爾關閉裂縫入口。陸昂想見的人究竟是誰，今後又會走向怎樣的結局呢？他也不得而知。

「……直到最後都是可悲的傢伙。」

——不過，若要論可悲這點，我好像也沒資格說人。

諾瓦爾自嘲般的笑了。

而後他拿下禮帽，朝著空無一物的前方深深一鞠躬。

「再見了，陸昂。」

03. 棄子們

白火連讓車子熄火的閒暇都沒有，甩開車門直接往發電塔的塔樓入口衝刺。她壓低身子閃過子彈的同時，前一秒還待著的黑色裝甲車立刻被一道星火打中，炸成了碎鐵。

發電塔內是一般工作機構的辦公室模樣，多虧剛才暮雨和其他局員當先鋒隊衝進去的緣故，內部守備全被攻破，辦公室內像是被颱風掃過一樣凌亂不堪，家具和地板上遍布著彈孔。

白火跳過倒在眼前的人體和廢鐵，邁開步伐，上氣不接下氣的衝進電梯裡，升上數十樓層高的中繼點。

——不要迷惘，不可以停下腳步，只要繼續向上，就一定可以遇到那個人。

奔跑了好一段時間，她打開辦公室頂樓的大門，乾冷的空氣立刻灌到鼻腔裡，她終於抵達了發電塔的中層部外圍。

發電塔像是她在電視上看過的觀光景點高塔一樣，底座呈現四個角，鐵架彼此交織重疊，如天梯般往上延伸，頂端沒入天際之中，讓人懷疑是不是延伸到了宇宙。而她就站在鐵塔的中層部空地上，一下子來到室外的緣故，風聲與驟降的溫度讓她發抖起來。

仰頭可以看見藍天白雲，以及蜘蛛網般細緻織成的鐵網；數十層樓高的高度，低頭則能俯視底下包覆住發電塔的外層圍牆，以及延伸於更外層的都市建築碎瓦礫。

「暮雨．布瑟斯。失去烙印力量的普通人類。」

鐵塔上不只有她一個人，一道稚嫩卻無情的中性嗓音呼喚出熟悉的名字。

白火順勢掃過前方，一位全身包覆著類似雪白色機甲的少年站在空地中央——不，應該說有股氣流聚集在他腳下的渦輪，使他飄浮在離地面十五公分左右的高度。

有幾條類似電線的導管穿出少年的脊椎，延伸至覆蓋住兩旁耳朵的厚重耳機裡。導管和身上的機殼縫隙不時流洩出青藍色的螢光，每閃爍一次光芒，幾乎就可瞥見少年體內雜亂如麻的機械管線與零件。

冷風吹拂，少年草綠色的短髮飄揚而起，露出瀏海下的紫水晶眼眸。

「……尼歐．哈比森。」暮雨盯著眼前與一般機器人顯得天差地遠的少年，輕易就道出對方的名字。

之前闖入通訊官情報室，輕輕鬆鬆癱瘓通訊系統的生化人少年絕對是特情部的王牌之一，會在這裡埋伏，看來是賭對了。看門狗會出現在這裡，溫斯頓絕對在頂樓。

「很榮幸您還記得我的名字，我的型號為 DWN No.010，可以稱呼我為尼歐或十號，非常感謝您的合作。」尼歐彎身，禮儀滿分的行了個禮，「然而經過數據顯示，降格為普通人類的您不可能贏得了我，勸您投降才是上策。」

「沒時間聽你鬼扯。」

暮雨衣袖一揮，手中的某個機械裝置瞬間膨脹變形，先是鐵桿自掌心拉長，上端延伸出彎月形的銀色刀片，他手一揮，手中的武器立刻揚起和昔日相差無幾的冰雪冷風。

機械組裝變形也不過三秒內，白火看得目瞪口呆，「那是哪來的啊？」公元三千年的科技實在好偉大。

「安赫爾給的，應急用。」這下就算烙印被搶了照樣也能打。暮雨轉了轉新的鐮刀武器，重量和手感勉強算及格，「說什麼都會打垮你這廢鐵塊。」廢話不多說，他一踮腳，朝眼前的生化人衝刺過去。

鐮刀的內側刀刃刮過尼歐的咽喉，對方卻連閃也沒閃，任由刀刃滑過頸子，發出類似機械切割時的刺耳金屬音，刀光一閃，竟然連道刮痕都沒被磨出來。尼歐甚至悠閒的身體一轉，抬起腿，朝暮雨腹部踢了下去。

「暮雨！」

「繼續往上跑，不要回頭！」

「可是，我——」

「我說過了，統統不准死，大家要一起回去！」撞上鐵牆的暮雨皺緊眉，大聲嘶吼回去：「所以不要停下腳步，繼續向前走！我們只剩下妳了！」

白火飄移的眼神不經意對上尼歐那毫無情感的眼珠子，一股恐懼感油然而生：這種怪物，不可能贏得了。

「……嘖！」她咬緊牙根，繼續往塔頂衝刺。

——還差一點，只要搭上電梯到達塔頂，那個人就一定在那裡。

中層部和塔頂還有一大段距離，白火鑽進電梯裡，按下頂樓的按鈕，頓時電梯飛快上升，耳鳴使腦袋嗡嗡作響。電梯的樓層標示直直飆升，一秒、兩秒，時間流逝卻緩慢的像是被暫停一樣，白火焦急得心跳加速。

猛地，轟隆一聲，震耳欲聾的爆炸聲傳入耳中，她還沒會意過來就感覺身體重心傾斜——某道光束從底下飛射過來，穿破強化玻璃製成的電梯通道，熔化了玻璃，刺穿了她搭乘的電梯機廂。

衝擊力過大，白火撞上機廂壁又摔倒在地，「……暮雨！」透明電梯的外殼玻璃全碎了，只看見底下的空地。而變成圍棋大小的尼歐竟然直盯著她這個方向，掌心的渦輪炮口對準電梯口，凝聚著白色光芒。

「鐵塊，你的對手是我！」

暮雨橫越過來，身子一撞，鐮刀鎖鍊勾住了生化人的手臂，對方發射而出的高分子光束角度一偏，掃過白火臉頰，打到她腦後的牆上。

同一瞬間，腳下傳來毛骨悚然的墜落感，電梯終於失去支撐往下掉。

——不能死，說什麼也不能死在這個地方！

電梯以驚人的速度下墜，白火當下的思維連她自己也感到可怕。不知哪來的勇氣，她竟然撞開電梯的碎玻璃，整個人跳躍下去。

沒有任何支撐或緩衝，自高空下墜的她，冷風和風壓襲上臉，疼到骨頭都在發麻。

天空中，此時出現另外一道陰影，那是彷彿巨大蝙蝠般的一對墨綠色羽翼，利爪與鱗片反射陽光，約莫兩尺長的翅膀敞開著，切過風壓，俯低身子朝她飛了過來。

白火頭部朝下，持續往下墜，風壓刺得她難以睜開眼睛，但她仍從一絲狹隘的視線中瞥見朝她撲來的——是一隻墨綠色的飛龍。

「朔月！」

飛龍原本直線翱翔的路徑突然來個迴轉，成功的接住急速往下墜的白火，「嗚！」身體砸上飛龍遍布鱗片的堅硬脊背上，疼痛得讓她發出一聲悶哼，這種痛楚根本能把人的骨頭斷成兩截，但總比摔個稀巴爛好。

撿回一命的她沒有閒暇思考，只能忍著痛，本能性的攀住那沒有半點毛皮的粗糙龍背，穩住重心，慢慢調整姿勢，最後抱住飛龍的頸部。

「白火，沒事吧？」朔月化為龍形時的聲音低而沉，他降低速度，等到白火完全攀住他的脖子後，他扭了扭身子，再度升上高空。

「朔月……謝謝你。」飛龍沿著發電塔的鐵架繼續往上飛，速度之快甚至吹乾了白火眼角泌出的淚水，「但是你的傷呢？沒問題嗎？」

她下意識看見飛龍頭頂上的那一對角，朔月引以為傲的龍族象徵，原本發出飽和光澤的黑青色長角，如今其中一支卻斷了一截，像是被折斷的樹枝口一樣凹凸不平。

「已經，不痛了。所以，沒關係的。」

白火可以聽見每當朔月說話時，她環住的咽喉部分就會傳來微弱震動，朔月發出了有些奇妙、類似是動物呼嚕聲的笑聲。

「所有事情結束後，我們大家，一起回去吧。」

「……」

「到時候，妳可以，摸摸我的角。」

「謝謝你，我會的。」白火疼惜的摸摸他厚重而粗硬的鱗片，「到時候……大家一起回去吧。」

飛龍收縮的翅膀再次朝兩方敞開，「抓緊點。」

而後，一股和先前完全無法比擬的強烈氣流襲上白火的臉頰，她死命的掛在飛龍頸部，順著高聳的發電塔，朝天空扶搖而上。

飛翔的墨色巨龍當場成了巨型標靶，引來塔樓四周的槍炮洗禮。朔月一甩動身體，靈活的閃過差點掃到白火的子彈，然而厚重的鱗片再怎麼防禦優秀，仍舊無法抵擋子彈的力道，幾發子彈穿破鱗片打入龍身，使他發出野獸般的低吼。

巨大的龍尾一甩，颱風般的風壓將埋伏在塔樓裡的軍人與機器槍炮橫掃而飛，朔月趁著這股氣勢繼續向上飛翔。

途中，混合著風聲，白火似乎聽見了子彈打上皮革的聲音，她睜開乾澀的眼睛，發現鐵塔的某層樓上竟然佇立著一位少年。

那位她渴望相見、卻又不想重逢，總是露出天使般笑容的——艾米爾．沃森。

最初搭救過她、卻再次將她推入深海中的艾米爾，如今沉下臉色，槍口不偏不倚對準朔月的翅膀，距離近得來不及閃避。

對上艾米爾湛藍色眼珠子的瞬間，曾經襲擊白火的惡夢又從喉嚨口淹了上來。

「——才不會讓你攪局！」

猝然的，通訊器傳來路卡幾乎在燃燒喉嚨的嘶吼。

一秒的時間都嫌太長，耳朵傳來路卡咆哮聲的同時，艾米爾的肩膀綻出一朵血花，他吃痛的悶哼一聲，身子往旁邊頹倒，原本射出去的子彈偏離軌道，擦過朔月的翅膀，消失在空中。

「白火，繼續往上，千萬不要回頭啊！」路卡又是大喊。

聽見他的呼喊，同時看著血泊中的艾米爾漸漸化為一個小點，白火不知怎的感到眼前一片模糊，撲簌簌掉下來的眼淚隨即就被狂風捲走。

艾米爾如同脆弱的花朵般折莖倒地，她只能眼睜睜看著那位少年越來越小，頹跪在一片血泊中。艾米爾曾經對她嶄露的溫柔笑容，記憶裡再也不復蹤跡。

朔月降低速度，壓低身體俯衝進發電塔最高處的塔樓裡。成功降落後他收起翅膀，蜷縮著布滿鱗片的綠色身體，讓白火跳下龍背。

「我恐怕……只能到這裡了，白火。」

少了風壓，終於能看清周遭的白火這時才發現，他墨綠色的身軀布滿斑斑血跡，赤黑色的血漬像是潑漆般沾黏在厚實的鱗片上。

「接下來的，請加油。」

「……謝謝你。」白火撫摸著他湊近的臉龐，「謝謝，真的……非常謝謝。」用著將近是哭泣的破碎聲音道謝了好幾次，她昂首一看，朔月頭上的那一對角，就像是充滿溝壑與突出的山脊。

她緩緩的、怯生生的伸出手，輕輕撫過那隻被折斷的黑色長角。觸感和她想像中的一樣，有點像包覆著一層薄薄的皮膚，好似骨骼，又像是壓克力，粗糙卻細緻如絹。

白火握緊了尚留著龍角觸感的手，深深吸口氣，朝前往塔頂的階梯衝刺。

目送她的身影完全消失後，朔月吐出一口充滿血腥的氣息，闔上厚重的眼皮。他垂低頸子，從腳部的爪子開始，身軀、頸子，最後是龍角，全都滿溢出柔和的白光，身上的鱗片熠熠閃亮，彷彿彩蝶飛舞般反射著光芒。

鱗片自身體褪去，光芒越發增強，形成一抹包裹住巨大龍身的白色光球。而後，球體逐漸化為人類的軀體，化為人形的他半浮在空中，四肢都滲出不計其數的鮮血。

朔月膝蓋一跪，四肢無力彷彿被斷線的木偶，橫倒在一邊，「艾米……爾……」吐出最後一個音節後，終究闔上了安睡的眼。

★※★◎★※★

隨著作戰開始，清晨的白曦朝日逐漸遷移，移動到太陽能發電塔的鐵塔一角。藍天與白雲幫襯著鐵架的輪廓，映照出的影子隨著高聳的塔樓垂直而下，於塔樓中層部外圍空地的地面上留下失焦的黑色輪廓。

被尼歐的雷射激光所擊落的電梯，強化玻璃彷彿雪片般四散而下，在陽光照耀下閃閃發亮，利刃雪花灑落在二人腳邊。

暮雨昂首望著墨綠色飛龍的翅膀及尾巴展翅升空，瞇起雙眼，深呼吸了一次，而後緩緩轉過視線，重新定睛在眼前的生化人少年上。

同時間，被打穿的電梯機廂疾速落下，墜落在空地上，揚起一陣風壓與塵埃，暮雨在電梯鐵塊砸破地板一個洞的瞬間順勢踩上機廂，一躍轉身，鐮刀乘著身體的迴旋力轉出一道利刃般的弧線，打上尼歐的手臂。

「不會讓你過去，你的對手是我。」

「……我已經說過了，暮雨．布瑟斯，論您現在的能力，不可能贏得了我。」

利刃敲上尼歐的鋼鐵手臂，發出一聲鈍器重擊的金屬聲響，尼歐連眼皮也沒眨過一下，竟然不以為意的以另一隻手徒手抓住鐮刀刀身。

隱約能瞥見尼歐手背上的機殼嵌縫正徐徐發出光暈，光圈如漣漪般擴大拓展，隨即包覆整隻手，並漸漸的浮現出藍白色的柔光。先是手腕、手臂，最後延伸到鎖骨與兩邊耳朵上的耳罩，光芒宛如蔓草般糾結纏繞。

陽光下的藍白色柔光不但沒顯得暗淡，反而為尼歐的紫水晶眼珠添了一股明亮。

暮雨還沒領悟到那道無機光芒代表什麼，就感覺身子歪斜——生化人竟然扣住半弧狀的鐮刀，反過來把他的鐮刀連帶著人一起摔出去！

這破銅爛鐵的手是什麼金屬做的啊？被大力摔出去的他一個扭身，險些撞上牆的同時啟動金屬鐮刀的機關，鐮刀登時縮起刀刃，暮雨在半空中後空翻一圈，拿出藏在腰後的手槍，毫不遲疑的瞄準尼歐扣下扳機。

理所當然的又是「咚」一聲，子彈在打中少年的臉之前就被裝有渦輪的手抓住，冒著煙熔化在掌心裡。

「為什麼你要在溫斯頓手下辦事？有這種力量，輕輕鬆鬆就能推翻那傢伙的控制才對。」沒傷到對方，但也勉強成功逃脫住束縛，暮雨後空翻落地後又是一甩手，前一秒收縮的金屬鐮刀再度展開利刃，他輕巧的轉動鐮刀長柄，對準尼歐。

「我這條命是為老爺所救，順從他只是理所當然，打從一開始就不曾存在控制這種東西。」

聽見這回答，暮雨難得哼笑一聲，「還以為你只是個普通的破銅爛鐵。」原本以為只是個人造廢鐵塊，沒想到還挺有個人主見的，看來人體改造時還留了點心臟與大腦。

「對身為迷子的我們而言，只要管理局握有對時空裂縫與迷子的控制權，這個世界就不可能存在著平等。老爺是為了這樣的我們才決定重組世界規則，我將為此而戰。」

「在我眼裡看來，就是個想爭權奪利的野心之人而已。」

「像您這種獲得救贖的迷子……不可能理解我們的痛苦。」尼歐毫無感情起伏的說道：「沒有溫斯頓老爺，我們就沒有未來。」

衝突就在尼歐話語落下的那一剎那，一觸即發。

兩人幾乎同一時間離地而起，起步衝向彼此。兩人瞄準的均是對方的眉心，鐮刃與機甲的撞擊撕裂空氣，壓力強勁得隨時都會使人崩潰碎爛。

這時，尼歐在暮雨反應不及的剎那手一揮，稍微隔開兩人之間的距離，以不符合人體工學的姿勢定身。緊接著，前一秒他還呈現人體手腕的部分竟然化為白色劍刃，以斜十字的方式從暮雨腳下襲上，隨即凌空一斬，白刃逆光瞬間劃過暮雨緊握鐮刀的手，輻射開來。

這一擊來得出其不意，暮雨往後一蹬，閃過攻擊，但這一躲可沒占上風，一道血痕出現在臉上，他還來不及反應，又被尼歐襲上前的踢擊正中腹部，「唔！」他吃痛的低哼一聲，身體像是被打出的棒球般筆直往後飛，撞上鐵塔的其中一根鐵柱上才停下。

「我還得回到老爺身邊，請不要太占用我的時間。」

尼歐又是迅捷一轉身，白色劍刃正面刺進暮雨的手臂，只是一霎，根本閃避不及的暮雨爆出一聲哀鳴，鮮血瞬間從白色劍刃深陷的傷口中溢了出來。

尼歐絲毫不給他喘息的機會，一手掐住暮雨的咽喉將他壓制在鐵柱上，高舉另一隻化為帶血劍刃的手，尖端對準對方的鼻尖，刺擊下去——

不合時宜的「咚」一聲，一道遠超過一般子彈的衝擊力襲上尼歐的白刃，揚出星芒般的火花。加速度形成極大的力量，尼歐的白刃手臂登時隨著作用力往外飛，連帶整個人彈了出去。

「才不會讓你欺負我們家科長！」

倒地的尼歐瞇起眼，看著自己被打穿一個洞、冒著白煙的手刃，「……狙擊槍。」

「科長，沒事吧？您振作一點啊！有沒有骨折什麼的？！」

在尼歐飛出去、路卡怒吼的同一時間，暮雨的腳往後踢牆，背部脫離鐵柱重新站起來，「動作太慢了。」然後從容的整理歪掉的衣襟。

魔鬼科長到了緊要關頭還是這副跩樣，只能說一路走來始終如一。

「我都好不容易擺脫追兵趕過來，您就別嫌棄了啦。」

「小心追兵又跟上來。」高處的狂風吹彿，暮雨壓住耳機減少噪音，「被打暈了我也沒打算把你扛回去，好自為之吧。」

「我好歹也是救命恩人耶！您這個態度不對吧——！」

通訊器另一端傳來熟悉的抗議聲，前一秒才被生化人重擊，現在又得被聒噪同事騷擾，才剛整頓局勢的暮雨只覺得耳鳴陣陣。

眼前的尼歐依舊盯著被打穿的掌心，「……烙印，子彈。」一般武器不可能有這種威力，是其他烙印者，躲在哪裡？

他的頸子登時扭動，呈現機械般的運轉，開始梭巡四方。

「那就是荻深樹之前說的生化人小鬼對吧……」剛才在遠方親眼見識到那小鬼發出雷射光束轟掉電梯，通訊器另一端的路卡嘖了口唾沫，向來深信魔鬼科長無人能敵的他沒了一如往常的自信，「果然……很難纏嗎？」

「嗯。」暮雨不打算多話，隨口應了聲。天知道那個活像是外掛程式的生化人還會耍什麼招數，要是他還會竊聽頻率什麼的，遠方埋伏的路卡多半等等就會被雷射光束打成串燒。

「科長，那到底該——」

「烙印子彈有辦法打穿那鐵塊就有勝算，我負責牽制住那傢伙。」

其實暮雨心裡的回答是——不知道。

失去烙印力量淪為普通人類的他，怎麼可能贏這種怪物。但是無論如何，他都不能讓對方跑到塔頂去，絕對不能讓那傢伙追上白火。

暮雨甩開右手上如泉湧的鮮血，剛才那一擊確實讓尼歐震懾住了，他可沒打算放過這天大機會。在生化人再度揮劍攻過來的前一刻，他已蓄勢待發，以勾住尼歐手臂的鐮刀為支點，朝上方一跳，在頂上翻轉一圈，迅雷不及掩耳的降落在尼歐身後。

鐮刀與白色劍刃緊扣摩擦，發出刺亮火花。

「刷啦！」遠方的狙擊子彈穿破空氣，準確的閃過暮雨肩膀，筆直射入被牽制而動彈不得的尼歐。

煙霧消散後，尼歐卻紋風不動的站立在原地，甩手將某個東西丟到地上，是扭曲變形的子彈。

「我也是有安裝學習與除錯程式的。同樣的招數，不會上兩次當。」

「這、這到底是什麼怪物啦——！」到底是怎樣的超高科技才能做出這種東西啊！同樣身為公元三千年的優良公民，從小生活在科技尖端的路卡現在只希望文明退步。

尼歐反而抓住鐮刀的鎖鍊，把暮雨拉過來的同時，掌心上的渦輪啟動，轉出一道帶有光與熱的漩渦，直接近距離的往暮雨臉上壓過去。

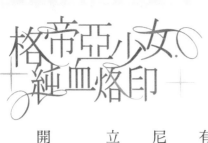

兩人只有一步之遙，加上鎖鍊纏繞的情況，暮雨不可能逃得掉——本是這麼想的，尼歐的手卻像是蓄電量不足似的停在半空中，忽然動也不動一下。

僅有數秒的間隙，暮雨甩開鎖鍊退了開來，「攻擊……停頓了？」下一秒渦輪光束立刻打在他原本的所在地，地面燒出一片黑焦濃煙。

絕對不是眼花，尼歐的速度明顯慢了下來，這是怎麼回事？

「咳、咳咳！麥克風試音，麥克風試音——狀態良好！那麼就先從禮儀滿分的招呼開始，各位小夥伴午安！好久不見！雖然有點早，但是聖誕快樂喔——！」

回答他心中疑問的是高分貝到讓人想抗議噪音的聒噪嗓門。

耳朵疼得像是鼓膜破裂，暮雨臉色鐵青的直接扯掉耳機，明明把通訊器拿遠了，噪音還是從耳機裡滲出來，恐怕連對面的生化人都聽得一清二楚。畢竟通訊斷掉戰局會一面倒，猶豫數秒，他只好百般不願的重新把通訊器戴回去。

讓人煩躁的女通訊官聲音果然又繼續摧殘著耳膜：「——各位好久不見！這陣子過得還好嗎？美麗的荻通訊官今天也是狀況絕佳喔！」

「荻深樹？！太好了，妳還活著……」

平日跟颱風登陸一樣的怪胎通訊官，此刻聽見她久違的聲音，路卡竟然感到一陣陣的鼻酸。

稍早，靠著其他局員的掩護，他衝破包圍抵達視野良好的副塔樓高樓層。由於激烈槍戰的緣故，高樓室內的玻璃全碎，他趴伏在可說是堆成小山的玻璃碎瓦中，將狙擊槍靠在肩胛上。

「說什麼傻話，說什麼傻話！你就這麼希望人家死翹翹嘛——」荻深樹一邊說，一邊故作可愛的嘟起嘴，還啾咪了一下，用膝蓋想也知道沒人看得見。

「妳現在在哪裡？」

「生化人小夥伴的主控室機房內。」

「啊？」

「費了好一番功夫才潛進來呀，萬分感謝當地人的引路。」荻深樹目前正坐在羅列數十個螢幕與主機的空間中，「我就想說那孩子怎麼可能強到這麼犯規，容量要吃那麼大，絕對是除了本體外還有個主控電腦才對，事實證明果然沒錯。」

副塔樓外的ＡＥＦ軍隊與機器人暫時被政府軍所牽制，路卡得以在塔樓內全神貫注的進行狙擊，如今最為棘手的只剩下占據中心的生化人。剛才灌注了所有烙印力量打出去的子彈竟然直接在尼歐手裡被揉成了廢鐵，雙方的能力之差讓路卡簡直以為自己做了場醒不來的惡夢。

「所以妳找到打倒那怪物鐵塊的方法了嗎？」

「嗯，還沒。」

「哈啊？」那是什麼理所當然的口氣啊！

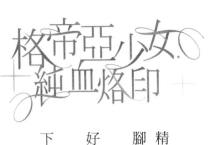

倚靠烙印力量支持的狙擊槍和子彈說穿了就是消耗品，每發子彈都會消耗擁有者的精神與體力，長期作戰絕對不利，然而透過狙擊鏡旁觀與尼歐纏鬥的暮雨——看著暮雨腳下的黑影，戰慄的冷汗不自覺浮上路卡的額頭。

「還得花些時間，你不是也看到那生化人小夥伴的速度變慢了嘛？那可是人家努力好久才得到的成果耶。急性子的男人不受歡迎呦！」

荻深樹話講得明白：在完全駭進去尼歐的主控機之前，你們就自己想辦法苟延殘喘下去吧。

「還有我說，暮雨小夥伴的腳下怎麼會有影子呀？武器也換了的樣子，這什麼，弱化版？」荻深樹盯著監視畫面，承受尼歐攻擊的暮雨在空中翻了一圈後勉強落地，「你們就這麼有職業玩家精神，想穿著新手裝去打王嗎？這樣布瑟斯老家會很沒面子耶。」

至今為止保持沉默的暮雨終於朝通訊器吼了一句：「囉嗦！」

「妳這女人不要哪壺不開提哪壺啦！」他們家的魔鬼科長心靈很纖細的啊！

「嗯？嗯——？暮雨小夥伴你到底在生什麼氣啊？」

看見螢幕上的科長突然理智線斷裂似的狠狠朝生化人一劈，鐮刀撞上機械的聲音沉重到讓人耳鳴，占據優勢的尼歐罕見的被打飛了出去，這一刀力道大得根本就是在遷怒一樣。所謂化悲憤為力量就是這麼一回事吧，荻深樹嘖嘖稱奇，看來她不在的這段時間多出不少八卦，之後再來慢慢挖好了。

多虧主控電腦受到牽制，尼歐的速度和性能確實有削弱，被暮雨一踹後撞上厚牆。機械骨骼鑲進牆壁，落下許多水泥粉塵，現場煙幕一片，直到視野再度明亮時，透過螢幕畫面進行通訊的荻深樹警戒的皺起眉頭。

生化人偏紅的紫水晶瞳眸，詭譎的朝和暮雨截然不同的方向掃視過去，「喀、喀、喀」的轉動機械脖子，好似捕捉獵物的毒蛇般吐出蛇信，蓄勢待發。

「那是……」

同時間，路卡忽然發現對面的高樓閃過一道身影，某位少年跳下一層層樓，緩慢接近暮雨所在的中央樓空地。

狙擊槍準心倍率放大數倍，可以輕而易舉的看見少年的容貌，以及肩膀如樹根蔓延般的紅色區塊，源源不絕的血液正從少年肩膀上的傷口汨汨流出，濡溼了整隻手臂。

發現少年的剎那，無法言喻的作嘔感燒灼著路卡的心臟。

「那是，艾米爾……」

「路卡小夥伴？」

「艾米爾……！」

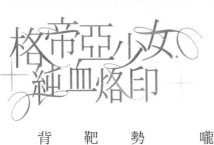

憤怒立即占據所有理智，灌進玻璃的風聲、通訊器裡傳來的呼喊聲，全被耳鳴蓋了過去。路卡登時處於一種接近靜音的無聲領域，唯一能聽見的只有激動到彷彿會跳出喉嚨的心跳聲，他轉動準心，瞄準遠方帶著傷口前進的金髮少年，收彎控制扳機的食指。

「你這個叛徒……朔月的仇！」

先前已經刻意避開致命傷，只在他肩膀上開個洞，為的就是不讓他來攪局。那個傷勢應該再也無法戰鬥了才對，為什麼還有辦法拖著破破爛爛的身體走過來？

離中央戰鬥區域還有一段距離的艾米爾行動遲緩，再也沒有比這更能輕易瞄準的活靶了。

一發，只要一發子彈就可以了，輕而易舉就能貫穿艾米爾的心臟，「為什麼……要背叛、為什麼……要離開我們！」明明是如此思考的，可是扣住扳機的食指卻不停歇的顫抖，恐懼夾雜躊躇的情感透過指尖傳到胸口，路卡發抖到差點連槍桿都滑了出去。

「路卡小夥伴，這裡的主控電腦出現了異狀，小心點，那個生化人似乎——」

看著艾米爾那熟悉的金髮藍眼，以及那哀愁的面容，他好不容易聚起的覺悟又不爭氣的弱了下來。

艾米爾形單影隻的模樣，一點一滴的將他吸入從前美好而短暫的回憶裡。

「……路卡！快閃開！」

暮雨的低吼劃破空氣，聲音傳進路卡的思緒裡時，已經是數秒後的事情。

冷不防的，猛然一道冰冷猙獰的無機質視線穿越層層阻礙，與路卡四目交接。

「——找到你了，狙擊手。」

相距數百公尺，卻彷彿射線般筆直、狠毒的螫上路卡的那道視線——

那是生化機械特有無機質紫色瞳孔。

足以刺穿耳膜的渦輪聲響起的同時，擊射出來的光束險些刺穿眼珠，它擦過路卡的額頭，後方的建築牆面當場被開了個大洞。

腦袋像是被利器狠狠敲了一記，左肩和太陽穴傳出像被撕裂開來的強烈痛楚。

路卡的頭隨著衝擊力一歪，倒向滿是碎裂玻璃的大窟窿旁。他的肩膀和頭側綻出一大片血花，濺在如蛋殼般破碎的窗臺口。

「路卡……路卡，振作點啊！」

路卡還沒釐清現實，只聽見荻深樹有別於平日的從容，她的尖叫聲模模糊糊的傳到他腦袋裡。

——發生了什麼事？

灌進塔樓窗口的冷風竟然有著鮮血的味道，肩膀和腦側傳來的疼痛被強風一吹，可以感覺到玻璃碎片正黏在血肉模糊的傷口上。

鼻腔裡全是又甜又腥的濃稠鮮血，呼吸困難。

荻深樹的呼喚、朦朧一片的視野、刺進眼角和臉頰的銳利碎片、像是被削去左半邊的身軀——他無法反應，腦袋沒辦法運轉，似乎連末梢神經都漸漸感覺不到疼痛。

暮雨頑強抵抗的身姿。

艾米爾持續拖動著破抹布般一無是處的身軀。

此時在他眼裡，都遙遠的像一粒芥子。

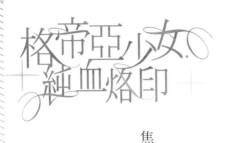

路卡用發冷的手背抹過眼睛上的鮮血，雙眼才重見了清晰光明，但下一秒左眼又失焦，連槍柄都握不住，只能勉強看清楚準心內兩團像是墨水漬般泛暈開來的人影。

「……不要輸，路卡，不可以倒在這種地方。」

眼皮好重，睡意襲來，他不由自主的闔上鮮血縱橫的雙眼。

「荻……深樹……」

「還沒有輸！路卡，我們還沒有輸啊！快點張開眼睛！」

肩膀和眼角的傷口不停傳來毒辣辣的熱度以彰顯存在感，簡直是地獄，不如就這樣睡了吧，路卡心想，反正打不贏那個廢鐵塊，也無法下手殺了艾米爾，橫豎都是死，那麼直接闔上眼皮還比較輕鬆點。

塔樓內呈現前空前絕後的低溫，冷到他骨髓都在發抖。

「但是，我已經……看不清楚了……」

「看不見也沒關係，路卡。」

——為什麼……

聽見荻深樹像是海市蜃樓般虛幻的聲音，他咬緊牙根，直到牙齦出血的錯覺。到底是為什麼呢？平日悠哉輕浮到讓大家惱怒的聲音，如今聽起來，就好像在哭泣一樣。

「我會替你看清楚，我來成為路卡的眼睛！」

★※★◎★※★

相較於太陽能發電塔的主戰場，安赫爾一行人所在的特情部此刻也是沐浴在刀光劍影的戰火中。

隨著解救出部分管理局局員，起初處於劣勢的管理局開始逆轉，戰況出現膠著。整棟特情部建築淪為炮火轟炸的廢墟，聚滿了潮水般的ＡＥＦ軍人和武裝機械。

「荻通訊官！還沒有好嗎？！」

芙蕾躲在牆壁角落，抓準時機露出半截身子轟開湧進來的銀色機器人，接著立刻又閃回去躲避子彈。身為內勤的鑑識科，竟然還得持槍在這種戰場上奔馳，她沒來由的覺得自己可悲了起來。

機房內沒有回應，多半通訊官還在使出渾身解數駭進主控電腦裡。

機房外的身分認證機器在稍早前已經被沙利文燒熔，如今警鈴聲大作，高分貝的噪音又被機關槍子彈聲壓了過去。

猛地，劃破天空的閃光彷彿箭矢般從對面飛了過來，芙蕾還來不及反應，只見主控室的厚重鐵門竟然被子彈貫出一個洞，裡頭傳出了悶哼聲。

「荻通訊官！」芙蕾透過通訊器通知所有人：「小心點，敵方也有狙擊手！」

絲毫沒有閒暇推測狙擊子彈是哪裡飛來的，走廊另一端的沙利文衝了出去。芙蕾打穿另一臺武裝機械後，立刻衝進主控室裡。

「荻通訊官，妳沒受傷——」

芙蕾瞪著機房內通訊官的背影，硬生生把話吞了回去。

狙擊子彈打穿機房鐵門，和荻深樹坐著的椅背連成一線，此刻椅背被打出了一個洞口，而子彈穿透椅背埋進荻深樹的腰際。在數十個電腦螢幕的白藍光芒照亮下，通訊官的腰部血如泉湧，椅子周圍赤紅一片。

「通訊官！妳——」

「還沒有……結束。」

斗大的監視螢幕映照著倒在血泊中的路卡，以及在高空中與尼歐纏鬥的暮雨。

「我可是要替你看清楚的啊……才不會死在這裡！」

04. 白夜的祈憐經

太陽能發電塔頂樓呈現四角形的巨大寬敞空地，四周無牆遮蔽，稍稍往下眺望，就能將第二星都的都市風景一覽眼底。頂樓空地中央則搭設著高聳垂直的太陽能板，一路延伸到無盡的高空，刺穿大氣層與包裹人造星球外圍的薄膜，延伸到宇宙。

當吸入因高度造成的乾冷空氣時，寒冷感延伸到肺腔，穿透了梅菲斯的身體。

平穩的地基時不時傳來震動，伴隨著爆炸聲，看來數百公尺下的中層部正發生激烈衝突，管理局和政府的聯合軍突破兵力，正循著太陽能發電塔攻了上來。

「開始吧，梅菲斯。」

溫斯頓倒是對此事不以為意，說來也是，只要底下有尼歐鎮守，再怎樣的王牌都無法攻破，即便漏網之魚闖了進來，位於頂層的他們也能輕而易舉的擊潰。

溫斯頓說得沒錯，所有兒戲都將於此刻迎向終結。

運用他的力量開啟最後一道人造裂縫，將五大人造星球的黑洞連結，吞噬掉公元三千年居民的生存之地，這就是ＡＥＦ迷子對這個世界的復仇。

「怎麼了？」

「……沒什麼，只是突然想起某些往事。」梅菲斯搖搖頭，甩開心中的雜念，「計畫成功之後，您打算怎麼做？」

溫斯頓笑而不答，「還能怎麼做？」

溫斯頓試圖先開啟一部分黑洞，將部分群眾與政府軍吸入裂縫中好來個殺雞儆猴，如此一來，反抗他們的勢力也會乖乖閉上嘴，二來只要握有發電塔的力量，掌控權勢的主導權也近在咫尺。

然而，就算如此……

梅菲斯望著彷彿一刀刀刻鏤在自己手腕上的格帝亞烙印，遲遲沒有動作。

猶豫了良久，最後在溫斯頓的凝視之下，梅菲斯輕輕撫過手腕上的烙印，自空中拉出一道銀色絲線，數秒內，銀色的銳利光芒化為形體，成為一把極其熟悉的、足足有兩公尺高的巨型鐮刀。

那不是屬於他的烙印，梅菲斯仍輕巧熟練的握住鐮刀刀柄，處於寬廣空間的他試探性的揮了幾次，半弧形的利刃勾勒出略帶冰晶的寒冷光輝。

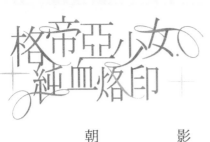

反覆熟悉後，梅菲斯走向沒有柵欄與圍牆阻攔的邊緣地帶，鳥瞰著化為米粒小的黑影與建築。

風壓由下而上吹亂他和溫斯頓的髮絲，刺冷的難以呼息。

時間到了。

梅菲斯握緊刀柄，當他再次張開雙眼時，原本就赤紅色的眼瞳更添一股殺氣，鐮刀朝眼前的高空一揮，將天空砍出一道紫黑色的傷痕——

白雪紛紛般的火光飄灑而下。

當梅菲斯領悟過來時，從背後襲擊而來的某種壓力早就穿透他的耳際、割斷他幾縷白金色的髮絲，重擊在他握住刀柄的手上。受到攻擊的手背登時傳來燒傷般的灼熱感，他下意識鬆開手，化為形體的鐮刀立刻變回一道光芒，收回手腕上的烙印裡。

「——白夜！」

梅菲斯撫著燒傷的手背，神態自若的轉身一看。

那位迷失於諸多時空的迷子——白火正穿越塔樓頂樓的大門，攀著門緣，瞪視著他和溫斯頓。

「住手……不要再這樣下去了，白夜。」渾身是傷的白火發出微弱到幾乎立刻被風聲蓋過的呢喃，聲音混雜著無法平順心跳的大口喘息。

面對這預料之內的訪客，溫斯頓照常氣定神閒的拄著枴杖，走了過去。

「看來尼歐再怎麼可靠，布下的網還是不夠仔細呢。」所以才會有隻漏網之魚成功跑上來，溫斯頓側睨了她一眼。

「……溫斯頓．沃森，你這傢伙……」

「我總算想起來了，那時候的純種迷子就是妳。白隼也真是垂死掙扎，死到臨頭了還能做出那種東西。」

溫斯頓指的「那時候」究竟為何，在場三個人都心知肚明。

照理來說毫無接點的兩個時空的記憶，於此刻逐漸接軌。

無邏輯性的、超脫常規思考的「悖論」。

「……為什麼要做這種事情？」

「妳是說哪種事？」

「不要裝傻！」

「少露出那種受害者的表情，會導致災厄發生的——不就是你們管理局嗎？」

溫斯頓咯咯笑了。

他舉起握著枴杖的手，相當淡然而詭異的互擊著自己的掌心，好似在為什麼事喝采鼓掌一樣。

面對突破層層包圍網、獨自闖進的迷子，溫斯頓絲毫不覺得有任何威脅性的冷哼一聲：「信誓旦旦成立幫助迷子的機構，卻無法拯救所有迷子。人口爆炸，失去歸屬的異邦人不知該何去何從，犯罪率與流亡者激增，在這種偽善的世界裡，誰也得不到救贖。我不過是傾聽迷子們的心聲，協助他們進行復仇而已，我賦予梅菲斯實驗成功的軀體，他則替我實現所有願望。相當完美的互利關係。」

黏著玻璃碎片的乾涸血液沾滿白火的臉頰與手臂，就在這股狂風呼嘯的絕望之中，溫斯頓的聲音不帶任何阻隔的闖入她耳裡。

「就是因為你們如此有機可乘，ＡＥＦ才會就此誕生。你們才是凶手，我不過是乘著這陣風，成為促成計畫的催化劑。梅菲斯可是自願幫我做事的，人家說憎恨能化為力量，這話可真不錯。說到底，不都是妳害的嗎？白火。」

是一字不虛的真相。不帶任何謊言。

正因為這真相殘酷得不容許忽視，白火才無法發出任何聲音。

她看見梅菲斯正隨著溫斯頓尖銳的指責，用著赤紅色的眼瞳凝視自己，那個眼神，就像是在審視某種罪犯一樣。

「梅菲斯當初可是被雙親毫不猶豫的送進實驗室裡，反倒妳呢？一誕生就獲得無微不至的照顧，親情、教育、衣食溫飽，妳不用付出任何代價就得到了所有幸福。妳的父母甚至為了保護妳而丟了性命……不，不只是妳的父母，那個管家呢？被布瑟斯家收養的孤兒呢？梅菲斯呢？妳所有的家人，妳是踩著他們的屍體活過來的呀。妳的過去、現在、未來，妳所得到的一切，全都是犧牲他人所換來的不是嗎？我說，妳怎麼還有臉繼續活下去啊？」

言語的海嘯即將淹沒白火的同時，白火感覺到——眼前的梅菲斯手上出現再眼熟不過的烙印鐮刀，他腳一蹬，毫不留情的朝她劈了過來。

帶著冰霜的風聲像要震聾她的雙耳，溫斯頓的責備與嗤笑卻盤旋在鼓膜之中。

溫斯頓高聲問道：「像妳這種人——乾脆直接消失了不是更好嗎？」

鐮刀的冰霜與白色火焰鑄成的火牆彼此碰撞時，當場炸裂出龐大的蒸氣與水霧。

衝擊壓力震落了黏在白火身上的玻璃碎片，傷口像是燃燒般滾滾發燙，梅菲斯宛如被下了劇毒般，不帶情感的朝她接連揮刀過來。

用那從暮雨身上奪走的霜雪刀刃，一刀刀劈向她的骨髓。

溫斯頓的辛辣話語正侵蝕著白火的思維神經。

「白夜，醒醒啊！你忘記我是誰了嗎？」白火驚險的閃過一次又一次的利刃，溫斯頓的言詞確實重傷她的心靈，她嘶啞著嗓子大吼好讓自己能轉移注意力：「你也知道這樣做是不對的吧？根本不會有人得到幸福，所以——」

「怎麼可能忘記。」

梅菲斯瞇起雙眼，首次回應她的話。獨特的清澈嗓音震動著烙印產生的冰冷空氣。

「打從第一次遇見妳的那一刻起……我就不曾遺忘過。倒是妳，為什麼？」

「白夜？」

「為什麼當初不直接讓我死了，還要逼迫我活下去？」

白晝下，不可能出現的圓弧月光閃過白火眼前。

「為什麼……讓我想起了真正的名字，卻又再次丟下我離開……」

肩膀驀地傳來一陣要撕裂心肺的疼痛。

火霧般的紅色血跡從白火的手臂湧現，這時她才領悟到刀刃割砍到自己的事實。

「要是沒有妳的話……打從一開始就沒有妳的話，我也不會……！」

同一個瞬間，咽喉傳來被指甲嵌入肌膚的黏膩痛楚，當白火反應過來之際，梅菲斯早就扼緊她的脖子，將她摔在地面上，後腦杓與背後撞擊地面傳出足以耳鳴的疼痛，白火發出一聲瀕臨死亡的慘叫。

「嗚、咳……啊啊啊！」

梅菲斯赤紅的眼裡只有渾沌與殺意。

那股怎樣也無法澆熄的仇恨刻骨銘心的傳入她的心底，使她每寸神經與細胞都開始悲鳴。

——總有一天，妳會再次找到失去的藍色光芒。

「為什麼……為什麼相較於被眾人所愛的妳，我就得被整個世界遺棄？！」

——理想終究只是理想，你們真的有辦法拯救全部的人嗎？

「為什麼……要來見我……為什麼要救我一命……」

——不要輸，無論如何，都不要輕言放棄。

「啊、嗚……咳……白、夜……」被阻絕空氣的腦袋逐漸缺氧，白火失焦的眼神只能依稀看見梅菲斯模糊的輪廓，以及那失去焦點、淪為一團紅色水霧的眼珠子。

從過去到現在，梅菲斯、約書亞、白夜，他們的千言萬語彷彿煙花般在白火腦中綻放開來。

「從不切實際的理想甦醒吧，伊格斯特，全員獲得救贖的世界從頭到尾都不存在，今後的未來也不需要你們。」

眼角邊出現了人腿的陰影，還有木製枴杖的敲地聲，溫斯頓壓著差點被風吹走的帽

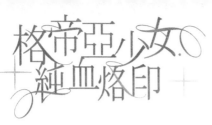

子，從容自在的來到她身邊。

「成立完全的階級社會，管控所有的烙印者，唯有如此，世界才得以回歸初衷。我們需要的才不是什麼和平幸福的空虛理念，而是徹底實踐的秩序。」

呼吸困難，白火感覺到自己的生命正一點一滴的流逝。

在這逐漸步入死亡的劣勢中，她若有似無的感覺到——掐住自己咽喉的力道緩緩鬆了開來，混著血腥味的新鮮空氣再次流通到鼻腔裡。

多半是求生本能所致，白火沒打算放過這個剎那，須臾間，至今為止的躊躇都被她拋到腦後，她只是為了苟延殘喘而反握住梅菲斯掐住自己的手，將指尖的雪色火焰蔓延到他的手臂上。

「……是我害的。」

白火的聲音在顫抖。

「爸爸媽媽，暮雨，諾瓦爾……是我造成大家不幸的，我也沒辦法分擔白夜你們的痛苦，甚至在未來也救不了爸爸和媽媽……我終究只能厚著臉皮，在別人的庇護下活下去……我已經不想再這樣了……」

同一時間，本被壓制住的雙腳用力一蹬，她晃著疼到骨骼快碎裂的身體，側身將梅菲斯甩了出去。

「所以這次我不會輸……我怎麼可能會認輸！」

白火連呼吸也沒換，壓低身子向前衝了過去，扯住梅菲斯的衣領將他壓在地板上，一手高舉著熾熱的銀色火焰，情勢登時反轉了過來。

這個反擊來得太過突然，絲毫沒料到一個滿身瘡痍的瘦弱少女有本事把成年男子撂倒在地，梅菲斯和溫斯頓都是當場一愣。

白火手上的烙印發出至今為止最閃耀的光輝，以三人為中心，銀白色的火星宛如白雪般接連落下，好似夜間的流星雨，落地的火焰接著轉為綻放的花朵，又零星消逝。

高溫的灼熱感籠罩在發電塔上空。

「我在未來遇見了你，白夜。」

白火按住梅菲斯的衣領，湊近他如此說道。

「黃昏災厄後的你殺了溫斯頓，成為君臨一切的領袖。在未來的世界裡，純種烙印者死絕，社會受到嚴重的階級劃分，再也沒有所謂的時空管理局……ＡＥＦ理想的世界全都實現了。」

——對不起。

白火在心中反覆贖罪。

淚水如豆大雨點般接二連三的自她眼眶落了下來。

「但是……你在哭泣啊。我所遇見的未來的你，就像是被抽乾靈魂的空殼一樣。」

——過去與未來的你，像個無助的孩童一樣崩潰啜泣，連我的心臟也為之撼動。

——對不起，我終究沒有辦法拯救你。

——我怎樣也無法為你帶來救贖的青金色光芒。

「既然達成了夢寐以求的理想，為什麼還要露出那麼悲傷的表情呢？」

回答白火的，是一記清晰的銳利槍響。

那一剎那，鼓膜傳來嗡嗡耳鳴聲的白火，她的肌膚凍得生疼，當場嗆出一口酸楚的唾沫。

「到此為止，不知天高地厚的小丫頭。」

溫斯頓的手槍對準她的後腦杓，漆黑槍口冒出的硝煙裊裊上升。子彈確實是射了出去，從後方穿透白火的肩膀，鐵屑剜進皮肉裡的震撼與濺出的血沫都清晰萬分。

溫斯頓卻眉頭一皺，臉上絲毫沒有一絲喜悅。不只如此，某種漆黑的藤蔓正糾結攀爬到他的腳上，蔓延到他握緊槍枝的枯瘦手掌。

「你這是什麼意思？」他瞪了眼剛剛被反制住、如今因白火被槍擊而重獲自由的梅菲斯，那位白金色髮絲的美麗青年正皺緊著面孔，純種特有的赤紅眼瞳散發著光芒。

梅菲斯的手中，正攫滿著溫斯頓的影子。

正因為他在溫斯頓開槍的同時將影子一扯，原本會射穿白火腦袋的槍口才會一歪，只是操控影子終究比不過子彈發射的速度，槍炮才會轉而打在白火的肩膀上。

「……這是我的事情，不准任何人插手。就連你也一樣，溫斯頓。」

梅菲斯低垂著被銀白雪焰燒傷的五官，徐徐從地面上站了起來，晃著行屍走肉般的身軀。前一刻還帶有迷茫與猶豫的神情不復存在，有的只有深不見底的猩紅冷澈。

渾身充滿割傷、肩膀又汨汨流出血液的白火伏倒在地面，垂死掙扎而加快的心跳聲將她從彌留之中喚醒，她吃痛的昂首一看，正好對上梅菲斯的紅色瞳孔。

「現在我終於再次明白，就算你們改變未來，也永遠無法平撫我心中的仇恨。」

梅菲斯低頭對著血泊中的她呢喃，並再度轉向溫斯頓，「我發誓會無條件協助你的理想，但是溫斯頓，你知道我的目的是什麼嗎？我不過是在等待而已，等待管理局攻破ＡＥＦ總部，並拿下握有晶片機制控制權的尼歐。失去了精神藥物和晶片控制權的你，什麼也不是。」

對方話語落下的同時，白火接近昏暗的視線模糊的看到，梅菲斯手腕上的黑色烙印變成化散的黑色粒子，隨著冷風吹拂而去，烙印就像花粉般飄揚飛逝，消失在高空中。

梅菲斯手中的巨型鐮刀則隨著烙印湮滅，也化為光芒粒子消散瓦解。

再怎麼恍神的白火也不可能錯看，隨風逝去的黑色刺青——那是屬於暮雨的烙印。

溫斯頓至今為止滿是自信的臉孔終於開始扭曲，被黑影糾纏住的手怎樣掙扎也無法動彈。

這戲劇性的變化來得太過倉促，溫斯頓低吼道：「你是打算背叛我嗎？」

「捨棄過我的人，捨棄過我的整個世界，我誰都不打算原諒，我會讓未來的所有人

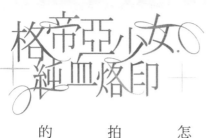

嘗到和我相同的痛苦。」

「慢著，你打算做——」

梅菲斯輕而易舉的奪走了被黑影限制行動、淪落為一座活雕像的溫斯頓手中的槍枝，並將奪來的武器重新上膛，對準溫斯頓的眉心。

深陷疼痛與暈眩中的白火在這一刻確切的醒了過來，清醒得頭皮竄麻。

無法即時站起來的白火拖著破布般血淋淋的身體，「住手，白夜……住、手……」

——全部都是這個人一手釀下的罪過。

——要是沒有這個人，諾瓦爾、白夜，AEF所有人也不會走到這種絕望的末路。

——但是，不可以殺了溫斯頓。

——要是他毫無責任的一死，因他而毀了人生的受害者們就再也無法獲得救贖，再怎樣憎惡眼前的罪魁禍首，都必須讓這個罪犯活著接受審判才行。

白火是如此思忖的。

然而，遠遠比這種虛偽而理想的情懷更加強烈，某種想法正宛如侵蝕懸崖的浪濤般拍打著白火的心胸。

「梅菲斯……給我停下來，你究竟想要——」溫斯頓扭曲著四肢嘶吼。

公元三千年，發狂的梅菲斯當場射殺溫斯頓，逕自開啟巨型時空裂縫，人造星球上的大量人類被吸入黑洞之中，未來從此染上一片死絕的色彩。

無法扭轉的正史。

穿越於過去與未來，用盡所有力量仍無從改變的現實。

瀕臨理性與瘋狂之間，最後選擇走上毀滅的道路，徹底陷入絕望的白夜。

重蹈覆轍的恐怖預感寒透了白火的四肢百骸。

「住手，白夜！要是你真的開槍了，你就再也無法回頭了啊！我不想看你變成和溫斯頓一樣——」

「由我，來成為黃昏災厄的真正權力者。」

那一霎，槍響劃破十二月寒冬的天際。

★※★◎★※★

無處可避的揮劍軌跡砍過暮雨的肩口，劇烈的痛楚讓他一瞬間意識渙散，腹部緊接著傳來一記重擊，他的身體就在騰空的狀態下朝後飛往發電塔的其中一根鐵柱，背脊毫無緩衝的撞上堅硬的厚牆。

「在此做個了結吧，伊格斯特。」

尼歐照常沒有留露出絲毫喜怒情感，死白的臉孔卻反常的往下沉，換上更為冰冷而戰慄的眼神。

暮雨抹去嘴角的血絲，看著眼前這位攻勢急促凶狠起來的生化怪物，他明確的感覺到——位於ＡＥＦ總部主控室的荻深樹的牽制奏效了，讓生化少年開始感到威脅。

儘管如此，暮雨身上差點被熱能光束射穿的傷勢早就因為劇烈動作而火辣辣的發燙著，左肩被打穿的血口也不甘示弱的以痛覺來彰顯存在感，尼歐的速度再怎麼減緩，他也沒有占到多大優勢。

「……老爺。」猛地，尼歐的瞳孔像是偵測到什麼似的放大，抬頭一瞪。

察覺到他似乎想直接衝向頂樓——也就是溫斯頓所在處時，「才不會讓你過去！」說什麼也不能讓他去攪局的暮雨將手上的鐮刀反握，當作迴旋鏢般扔了出去。

彎月的刀刃旋轉，扣住正向高空跳躍的尼歐，連結刀柄尾端的鎖鍊被拉直，暮雨被鎖鍊依附的手腕立刻傳來彷彿要碎裂的痛楚，他連眉頭也不皺，把鎖鍊往後一扯。

「……請不要妨礙我，伊格斯特。」被鐮刀扣住身體往回拖，從高空急速下墜的尼歐僅是淡淡的開口：「我應該說過了，論能力與耐力，您都不可能勝過我。」他徐徐轉過身，隨著與地面上的暮雨距離逼近，再度啟動掌心上的渦輪，凝聚出擁有高度熱能的激光束。

足以焚燒所有物體的人工光芒直逼暮雨的眼前。

「——59，640，-496。」

就在凝聚的光束要擊穿暮雨的瞬間，耳邊傳來荻深樹有別於平日嬉鬧、冷靜到過分的低語。

隨即，自遠方的高塔上射出一道冷青色的光輝，迅雷不及掩耳的擦過暮雨的肩胛，射向與暮雨面對面、距離僅有一步之遙的尼歐高舉的渦輪手臂上。

遠方射出的光芒打上尼歐胳臂的瞬間，強烈的衝擊與火花將暮雨騰空的身體推向遠處，爆炸聲穿透天際，現場黑煙瀰漫。

「54，632，-577。七秒後起風，路卡。」

荻深樹絲毫不受影響，在炸裂聲四起的狀態下依舊臨危不亂的指示出一連串座標數字。遠方一處幾乎被打成廢墟的破塔樓中，某人隨著她的聲音在間隔了數秒後，頻率規律的射出狙擊彈。

燒夷彈般的炸裂攻擊不斷打入煙幕中的尼歐，強勁風壓吹散了濃厚的煙霧，卻又揚起了一波波新的爆炸所造成的沙塵。

聆聽著荻深樹的指令，暮雨幾乎可以想像到失去視力、倒在一片血跡之中的路卡拖曳著瀕臨死亡的軀體，一次次扣下扳機的畫面。

「找到了……在耳朵。」烙印子彈再度轟上煙霧中的生化人的同時，荻深樹透過通訊器低吼：「尼歐與主控室之間的連結器就位於他的雙耳！只要破壞連結器，就可以切斷生化機械的機能！」

暮雨頷首，「我知道了。」總之只要打斷那個生化小鬼的兩邊耳罩，就能讓他斷電的意思。

尼歐似乎也聽得見通訊器之間的頻率，微微瞇起無機質的雙瞳，「早知道就該在之前處理掉那位通訊官才是。」

迎面衝來的生化少年毫無遭受因連續炮擊而出現停歇與喘息，他彎起手臂直接在高空中來了記肘擊，力道大得讓暮雨直接摔落地面。

下一秒，躍在半空中的尼歐掌心再度凝聚著光芒，腳朝附近的塔柱一蹬，朝著被重擊而來不及抽身的暮雨衝刺，高舉聚滿極大熱能的掌心——那瞬間，尼歐發現暮雨與自己的距離近得可怕。

暮雨竟然當場抓住他帶有渦輪的手腕，掌心直接碰觸尼歐高溫的機械手臂，滾燙高溫燃燒著他的肌膚，「開槍！」暮雨痛苦的瞇起眼，對著通訊器的另一端大吼。

烙印子彈斜刺進尼歐的肺腑，從側身穿透而出的聲音，清晰得毛骨悚然。

衝擊力之大，尼歐的身體宛如橡皮球般立即彎曲變形，他順著慣性往後飛，撞上發電塔的主塔樓上。自他身軀滲出的無機質冷光，有些沾上面容，另一些從空中落下，濺灑一地。

乘勝追擊的暮雨再次將手中的機械鐮刀連帶鎖鍊甩了出去，刀刃化為弦月飛舞，鐮刀的內邊弧線把尼歐當場卡在塔樓的牆上，定格住他的行動。

「就是現在，路卡，開槍！」荻深樹發出一聲泣血似的呼喊。

幾乎與她的聲音同步，數百公尺外射來一發遠超過先前所有子彈力道的烙印子彈，猶似彗星撞擊地面般，橫掃而過的空氣為之蒸騰。銀針般的銳利光芒毫無緩衝的刺穿尼歐被堅硬金屬外殼籠罩住的右耳，現場傳出類似蛋殼破碎的清脆聲音。

陰雨雲般的煙幕化為一片灰色海洋。

「我說過了，沒用的，就憑你們這種烙印者……」連帶右耳一併被炸毀半邊臉的尼歐，臉孔上的金屬嵌板紋路夾帶著電路板及組織液，固體與液體全攪和在一起，高溫蒸氣攀升到他的頭頂。

尼歐好整以暇的轉動暴露在空氣中的眼球，身體因為槍擊的衝力整個陷進了塔樓的水泥牆裡，灰鼠色的牆壁碎塊以及鐵屑則因子彈造成的爆炸而淪為粉塵，隨著他扭動掙扎的身體如花粉般四處散落。

將尼歐卡死在牆上的機械鐮刀是由特殊金屬製成，無法用熱能雷射融化掉，鐮刀半月形的刀身死死的固定在他機械零件外露的腰際上，刀尖卡進牆壁裡，他登時像是一塊掛著游泳圈、浮在高空中的漂流木。

這些都不成問題，就算被炸爛了半邊身軀，只要身體還能動，他就不可能輸給眼前這個失去烙印的普通人類，尼歐心想。反倒是這位失去武器的武裝科科長，滿身負傷加上手無寸鐵的劣勢，他易如反掌的就能奪下對方的項上人頭。

就在尼歐輕鬆的用手指折斷腰間的鐮刀刀柄時，他不經意看見了踮起腳尖跳躍到高空、與他平視的暮雨。

不，應該是說，尼歐看見了暮雨一躍而起的地面。

尼歐首次將情感顯露在面容上，不敢置信的瞪視著數公尺下的地板。

即使是幾乎喪失了人類該有的生理機能，他那被金屬包覆的身體也能刻骨銘心的體會到，四周的空氣於此刻全數化為冰霜，溫度驟降到當場下起冬雪也不為過。甚至，寒冷刺鼻的空氣凍傷了他的肺腔。

「永別了，廢鐵塊。」

曾被梅菲斯奪走烙印力量、淪為普通人類的暮雨，此刻他的腳下——沒有影子。

失而復得的格帝亞烙印不知於何時回歸到暮雨身上，手腕的黑色刺青隨著手臂舞動劃出一道黑色軌跡，純淨而清冽的蒼冷色光芒在暮雨手中轉換為足足有兩公尺高的巨大鐮刀。

十二月的寒冬於此刻，終於凝結出風暴般的冰雪。

冰風暴隨著鐮刀刀刃一起砍向尼歐堪稱最後一道防線的左耳，強大的烙印力量劈入堅硬金屬的外殼，骨骼碎裂的觸感透過刀柄傳上了暮雨的指尖。一陣刀刃劃過高空的閃光，削去了尼歐被一併凍結成冰霜的腦殼。

尼歐被斬下的頭顱，連帶著粉碎的雙耳，化為冰晶隨風逝去。

這一擊的衝擊力震碎了尼歐頸部以下的身體，名符其實變為廢鐵塊的四肢與身軀從卡在腰際的機械鐮刀中流瀉而出，失去抵抗能力的尼歐如同星殞，從空中摔下，零零碎碎落到了地面上。

暮雨同時間從半空中平穩落地，凝視著突如其來回歸到自己手中的格帝亞烙印。

「主控室的最後一道權限似乎就是尼歐本身。」通訊器傳來荻深樹的聲音，她盯著稍早怎麼攻擊也無法侵入的程式、此刻卻顯示權限解除的電腦螢幕如此說道，「接下來只要解除了AEF成員們身上被迫植入的控制晶片機能，說不定就能說服AEF投降……嗯？」

暮雨察覺到通訊官的異樣，但此時他卻有更巨大的困惑——

為什麼烙印會回來？

為什麼梅菲斯會在這種時刻把力量歸還給他？

暮雨向來不太倚靠沒有科學根據的第六感，此刻的他卻鮮少的心生動搖，下意識握住右手手腕內側——讓他生出不好預感的黑色刺青。

尼歐的機械屍塊四分五裂的橫倒在一旁，悄悄的冒出熔爐般的滾燙高溫。

「——還沒有結束……危險，快逃開！」荻深樹聲嘶力竭的高吼，「那孩子的身體啟動了自爆裝置！快點離開啊！暮雨！」

粉碎萬物的白色光芒幾乎要刺瞎暮雨的雙目。

身體隨著荻深樹的呼喊，暮雨本能性往後一躍，利用烙印武器的力量創造出冰雪結晶障壁，往前方的光芒一擋——他在往後逃脫的同時，前方臨時築起的薄冰牆立刻化為電影拍攝現場使用的糖製玻璃，碎個七零八落。

來不及，逃不了。

尼歐的軀塊以肉眼跟不上的速度急速脹大，湧現出岩漿般的熱度，在白色光芒中炸裂開來。

被焚身的高溫白光阻礙了視線，暮雨只察覺到一道黑影削過耳邊。

像是感應到什麼似的顫了下身體，暮雨驚惶的瞪向遠方的那道人影。

而後，血腥味斥滿鼻腔。

臉龐、手腕、胸口……無一處不沾滿血腥的暮雨感受不到任何疼痛——濺滿身上的溫熱赤紅液體，那並不是屬於他的鮮血。

「身體，自己就，動了起來……」

熟悉的金髮少年趕在爆炸的同時抓著暮雨的胳臂，用盡全力將他往一旁推離開炸裂的範圍，無暇逃脫的他則背對著噴火裂口，用肉身擋下了衝擊。

爆炸停歇後，暮雨凝視著頹倒在自己懷裡的血肉模糊的金髮少年。

「直到最後，仍給大家添麻煩了……很……抱歉，暮雨先生。」

他看著少年被髒土、黑炭、血液交疊混雜的面容，掌心還殘存著餘溫，卻比火種還更燙，深刻的燒烙在手腕的玄色刺青上。

跪倒在地的暮雨護住了懷裡已不成人形的少年，低聲呼喚著對方的名字：「……艾米爾。」

「管理局的大家，都是，我的家人……但是、但是，父親也一樣……父親只剩下我了，只剩下我，可以，陪伴在他身邊。」

艾米爾噓了一口氣，難以喘息的他咳出一口血沫，從前湛藍如蒼穹的明亮雙眼失焦昏暗，浸淫於血泊中的軀體溼冷發寒。

「我，沒有辦法，讓父親孤獨一人……」

這一瞬間來得太過突然，並且讓人心碎。

暮雨垂下眼簾，呼出一團團被低溫凝結成白霧的吐息。爆炸歇息後，極度寒冷的低溫侵襲著傷口。

「……當我知道白隼先生參與人造烙印計畫時，我曾下定決心，哪天如果人體實驗的消息洩漏出去，就算是悖理犯義，我也會幫助白家脫逃。不只是我，諾瓦爾一定也會這麼做。」暮雨的掌心輕輕撫過艾米爾充滿燒傷與潰爛、僅剩半邊完好的臉龐，「他們的價值遠勝過我們自己，犧牲生命去保護也在所不惜——我曾是這麼想的。只是……」

流瀉於兩人之間的鮮紅，好似夕陽彩霞般染紅衣衫。

暮雨說道：「犧牲也好，坦護也罷……然而，和他們一起扭轉命運，導正錯誤不也是種選擇嗎？」

聽見向來冷峻的魔鬼科長難得真情流露，艾米爾笑了，只是淚水同時盈滿了他的眼眶，牽動嘴角的他又咳出一口血。

「我啊，小時候……還是嬰兒的，時候，就被丟在管理局的門口……那天還，下著大雪。」

艾米爾的聲音沙啞而虛幻，好似每震動一次聲帶，他僅存的生命也會化為流沙般隨風逝去。

「我聽局裡的前輩們說，因為實在太可憐了，大家不忍心……才、收留了我。之後父親……溫斯頓正式將我納為養子……我的真實身分、是來路不明的孤兒，也可能是迷子……或許，只是父親的孤兒院裡的其中一位實驗體也不一定。」

沸騰的血液更使身體發燙的直逼腦門，視覺渙散，他身體卻冷得直打哆嗦。

「當我知道這件事後，我……一直在想，會不會從頭到尾都是父親策劃好的呢……把我丟到雪中，讓管理局的人收留，藉此潛進管理局內部，好實現父親的計畫……但、但是啊……」

遊走於死亡邊界的節骨眼中，身體的各種能量與思念，正不留戀的自艾米爾每一吋肌膚緩緩游離。

「就算是這樣也無所謂，沒有關係的，我不後悔……從來就沒有後悔過。和大家相處的每一天，我的情感，沒有……任何虛假……我很，幸福……」

最終，他連疼痛也遺忘，任由溢出的鮮血侵占身軀。

「請、替我……阻止父親……阻止……梅菲斯……」

世界陷入一片寂靜。

艾米爾彷彿剛降臨於世上的生命般，闔上了雙眼。

潔淨的未染罪惡、懵懂無知，等待著某個人終將把他喚醒般的沉睡而去。

待懷裡的金髮少年闔上雙眼、露出安睡的面容後，暮雨輕柔的、顫抖的握住對方漸發冰冷的手。

「……好好休息吧，艾米爾。」暮雨低聲說道。

頭頂上——數百公尺高的天空中，此時傳來一陣撼動心臟的槍響。

這陣槍鳴轉瞬即逝，卻狠狠攫住了暮雨的聽覺，餘音嗡嗡不絕於耳。

那一霎，一股前所未有的喪失感襲上胸口，他的心臟像被浸到冰水裡，腦髓隨之麻痺，寒透四肢百骸。

某種沉甸甸的確切重量突然自他心中脫離，像滑落懸崖，再也不復見。暮雨抽了口涼氣，無法用言詞比擬的絕望感刮搔著他的背脊。

暮雨不敢置信的抬頭望向高塔外的冬日天空，他明確感受到——有「什麼東西」消失了。

「白……火？」

★※★◎★※★

被梅菲斯用黑影荊棘掐勒住咽喉的溫斯頓半騰在頂樓外的高空中，腳下完全無立足之地。

當槍聲還縈繞在白火耳邊時，她目睹溫斯頓的胸口被開了一個洞。

溫斯頓年邁而枯瘦的身體往後仰，像是紙片般落下了高樓。

落下時僅僅一瞬，溫斯頓連遺言也來不及脫口，那張夾帶憤怒與畏死的扭曲臉孔卻在墜落前與白火四目交接，濁黃的眼神充斥著憤恨，和溫斯頓的身體一同掉下了深淵。

「為、什麼……」耳朵還存在著槍響的回音，白火拖著滿目瘡痍的身軀，攀住梅菲斯的肩膀大吼：「為什麼要開槍？！這樣一來，你就再也無法——」

「還真是可笑。」

梅菲斯絲毫不受她的力量影響，低頭眺望隨著高度落下而縮小、最後消失在視線裡的屍體，噗哧的笑了出來。

「像這樣操控著無數迷子命運的主謀者，最後竟然連個掙扎也來不及，就像紙屑般消失在海裡。」他輕輕拂開白火的手，繼續說下去：「我們就是被這種人送入深淵……淪為無法回歸光明的怪物呢。」

兜轉一大圈的命運輪迴，無論怎樣扭轉，終將步回正史。

「無論是怎麼樣的再會方式，我都很慶幸能遇見妳，我本該未曾謀面的家人。」

梅菲斯輕柔如歌聲的嗓音，雖然帶著昔日的溫柔微笑，聲音卻悲慘的像泫然欲泣。褪去了發狂、噬血與執著，此刻的他僅僅單純而美麗。

「在管理局的生活美好的就像是夢境一樣，要是一輩子也不要醒來該有多好……這種想法出現了無數次。我很清楚這個世界不可能救援所有的受害者，也希望身邊的人能獲得幸福，但我……終究還是無法原諒。」

——不過溫斯頓說得沒錯，所謂的夢啊，總是該醒的。

「一旦開槍，我就和溫斯頓沒什麼兩樣？那種冠冕堂皇的話誰都說得出口……殺或不殺，我早就無法回頭了。」

梅菲斯推開就連站立都相當困難的白火，另一手伸向眼前的天空，緩緩揮動手臂。

「所以，永別了，白火。」

自他細長的指尖而起，空中滑出一道像是小船駛過湖面的水痕，轉化為紫黑色的漣漪。梅菲斯稍稍偏過臉，回首對白火露出哀傷到心碎的笑容。

訣別的話語凍傷了空氣。

最為深刻、規模最為巨大的人造裂縫將梅菲斯滑過的指尖軌跡視為道標，分裂了天空。發電塔高樓上開裂出龐大到難以置信的黑洞，狂風將雲朵全數捲入。

梅菲斯佇立在黑洞前方，白金色的髮絲飄蕩紊亂，他緊閉赤紅色的雙眼。這幅景象絕望、瘋狂，卻又充斥著難以用常理解釋的美學。

第三次黃昏災厄降臨於白火眼前。

世界迎向終結。

這個瞬間，某種疑問根生於白火心中，她問著自己：我究竟是為了什麼才來到公元三千年的世界？

當她聽見這個質問時，破破爛爛的身體不由自主動了起來。

——我說不定就是為了這瞬間而誕生在世上的。

白火對著自己如此說道。

成為沒有影子的孩子，無知而天真的度過年月，而後來到近乎夢境的未來世界。

——我說不定就是為了這瞬間而喘息著，這一剎那，我的存在就擁有意義。

「……不會讓你這麼做的……」

梅菲斯尚未反應過來，就感覺腳下一空，寒顫透過空虛的腳底板竄上了頭皮——白火竟然環住他的腰際，往前傾斜，抓著他的身體跳下高塔。

梅菲斯赤紅色的瞳孔瞪得老大，錯愕的直瞪著她。

白火幾乎可以感受到對方的眼中除了憤怒與驚駭，似乎還帶點難以言喻的憂傷。

兩人的軀體高速垂直落下數百公尺的高空。

明明下墜的速度極快，強烈風壓使她眼睛乾澀的泌出淚水，她卻覺得飛騰而過的景色和時間緩慢的宛如一世紀這麼久。

梅菲斯的吐息聲，她自己的心跳聲，一分一毫的傳入鼓膜，連餘音也清晰可聞。反倒是血液流動的聲音若有似無，她側腹深得入骨的刀傷感受不到丁點疼痛。

「對不起，我終究還是無法讓你得到救贖……就算穿越了時空，改變了未來，我也不可能讓你重回光明。若說抉擇必定伴隨犧牲的話，那麼……請原諒我無法選擇你。」白火撫摸過梅菲斯的臉頰，溫柔的輕喃道。

這個世界的去留與梅菲斯的存亡，她無疑會選擇前者。

「說什麼也不會讓你毀了這個世界……所以，至少，就讓你所憎恨的我……陪你一起走吧。」

她盈滿淚水的神情如此訴說著——和我一起走吧，直至這片大海深處。

轉瞬之間，數百、數千公尺的高空景色化為幻境，兩人的身軀撞擊在圍繞發電塔底層的人造海洋水面。

苦澀的鹹味刺進嘴脣的縫隙間，水花蕩漾。

白火和梅菲斯墜入反射陰晦天空的深藍色大海。

重力加速度揚起蕈狀雲般的浪花，波浪晶滴騰起水平面，數以千計的白厚泡沫綻放而開。

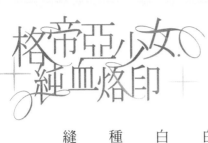

一朵，一朵，又一朵，泡沫彷彿花朵般浮現在她眼前，如夢似幻的破碎。

正一步步逼近自己的死亡，清晰的可怖。

逐漸下沉於更深層的大海之中，白火發現梅菲斯緩緩將雙手覆蓋在她的兩耳上。從他人身上奪取而來，繁多的格帝亞烙印遍布於梅菲斯的兩隻手臂，其中一道烙印正暈染出柔和的光輝。

那道柔光像是慈母般包裹住兩人的身體，聽覺中只剩下水流與泡沫碎裂聲的雙耳，此時竟然出現了孤寂深海以外的聲音。她甚至有辦法吐息。

「今後的我……一定會遇到許多許多、會幫助我的……溫柔而善良的人。」

海水刺激著全身的傷口，深藍與赤紅彼此交織，被花瓣般的無數泡沫籠罩的同時，白火聽見梅菲斯如此說道。

「我是……在永晝之時誕生的，於白色的夜光中降臨於這個世界……我的名字是，白夜。」

與眾人的回憶彷彿走馬燈般一幕幕閃過白火的視野。啊啊，所謂走向死亡就是指這種情況吧。

恐懼、死寂，無論怎麼呼喊也無從得救，梅菲斯長年以來就存在於這種生與死的夾縫之中。

「我憎恨過妳，恨妳擁有我所渴望的一切，恨妳根本不知曉我的存在，卻占據我的位置，取代我獲得所有的幸福與愛情……憎恨著雙親輕易的犧牲了我，卻全力守護著妳的安危。」

透過聲音，白火感受到梅菲斯心中那天崩地裂的痛楚。

幾滴淚珠從她眼角溢出，墜落到梅菲斯的臉上。

這究竟是眼淚，還是海水，雙眼盈斥著水氣的白火無法辨明，視線一片渙散。

「直到最後一刻……我仍然無法原諒妳，就算沉入深海底部，我也絕對不會停止對妳的憎恨。」

然後，梅菲斯也哭了。

在包覆兩人的光芒餘暉中，格帝亞烙印的力量阻隔了海水。梅菲斯的淚水沾溼了白火的細長睫毛。眼淚好似陰晦天空落下的零星雨點，與其用雨聲來比喻哭聲，倒不如說更像是遇熱即融的霁霁白雪。

梅菲斯的淚水，就像是皓皓雪點般，隨著口中吐出的熱氣一併昇華。

「如果說這永無止境的惡夢能夠在此劃下句點，那麼我也不再感到躊躇。」

「白……夜？」

白火顫抖的抽口氣，心亂如麻，「等等，莫非你一開始就打算——」

梅菲斯逕自牽起她的手，一股有別於低溫深海的暖意漫上心頭。

「若是需要有人背負這場災厄的所有責任，就由我來吧……相對而言，我也要妳刻骨銘心的記住，你們得以喘息的世界，是踩過無數屍體所換來的這件事。」

「等一下，不要！白夜，你想要做什——」

這次，梅菲斯的手覆上了她左手背的格帝亞烙印。

兩人四目交接的瞬間，梅菲斯的赤紅色瞳孔裡，出現了奇異的蛇紋刺青圖樣。

被寶藍大海籠罩的白火，海水的浮力讓身體輕盈如紙。

刺骨發寒的鹹澀海水穿透她一寸寸肌膚，不只如此，從指尖流逝的「某種力量」正一點一滴脫離她的身軀，奪去她僅存的體溫。

「——那種高度……暮雨，別過去，你瘋了嗎！！」

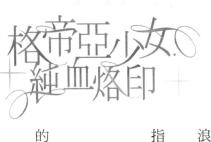

耳邊的通訊器傳來荻深樹有別於平日悠哉的驚慌尖叫聲，隨即被類似貝殼裡傳來的浪潮聲蓋了過去。

血液、熱度，以及一路陪伴著她走來的雪花般的銀白色火焰，種種力量正從白火的指縫中流洩而出，奔騰到緊緊握住她手腕的梅菲斯的身上。

梅菲斯那刻有人造格帝亞烙印的瞳孔，閃爍著向來詭奇、此刻卻淒美的光芒。

「還給……妳了。」

就像是一部分的靈魂脫離軀體，化為氣流裊裊升空一樣。

白火手背上的格帝亞烙印彷彿墨水漬般，從一隅開始逐漸消散模糊，溶化在蔚藍色的空間之中。

「我將妳的影子還給妳，這樣……妳就再也無法忘記了，白火。」

她的烙印轉變成無法碰觸的色素，隨著深海的海流移動，黑色粒子飄移到梅菲斯的手背上。

梅菲斯垂下眼簾，看著自己手上的嶄新烙印，再度勾起嘴角一笑。

「我要妳永遠背負著這份罪惡，連我的記憶與存在一起，繼續苟延殘喘下去。我要妳每當看見自己的影子時，就會想起葬身於深海的我。」

那抹笑容心碎得讓人想哭，白火感覺到背對著深海海底的梅菲斯正再度伸出手，將她往海面上一推，白火再也使不出更多力量的瘦弱四肢死命掙扎著，「不、不要……住手！白夜——！」

「回去吧，我最為欣羨的……我的家人。」

身體向上浮起。

陽光射入水面，被波浪碎屑及泡沫切割而成的海平面映照著深海底層，「嘩啦」一聲水花濺起，揚起流速混亂的漩渦。

又有新的人影墜入海中，人影游了過來，伸長手臂，環抱住逐漸上浮的白火。

白火難以置信的往後一望，那位同樣從高塔跳落、將她帶上岸的人——是暮雨。

相反的，梅菲斯的身影越來越虛幻縹緲，彷彿重石般一點一滴沉入海底。距離她越來越遠，她因淚水模糊一片的視界似乎能夠瞥見梅菲斯悲戚而深切的笑容。

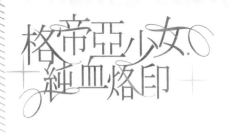

格帝亞烙印特有的柔光籠罩著梅菲斯的身體，將他帶往再也無人能夠觸及的深海地域中。

無論白火怎麼試圖掙脫，暮雨都沒有放開她的手。

梅菲斯的身影徹底消失在視野裡。

「……為什麼……白、白夜——」

隨著暮雨將她的身體拖上岸邊，大量的新鮮空氣灌入鼻腔裡，白火咳出酸楚的帶血唾沫，強烈的暈眩與嘔吐感伴隨痛覺侵蝕著她的五感。

暮雨像是替她拂去一切的不甘與悲傷似的，緊緊的將她擁入懷裡。

「……不要走。」他輕聲說道。

——不要以死償還，不要丟下我離開這個世界。

寒冬的太陽下，白火的腳下正拖曳出若有似無的陰影。

那是她從前無論怎樣希求都無法擁有，如今卻回歸她懷抱的——黑色影子。

「啊……啊……」

身體因恐懼與失落而頻頻顫抖。

領悟到這個現實，白火終於發出最為痛徹心扉，足以形銷骨毀的悲鳴。

「……呃啊啊啊啊——！」

05. 在那之後的我們

公元三千年十二月二十三日，多虧時空管理局和世界政府的合作，以溫斯頓為首的特情部和各大發電塔獲得鎮壓，在ＡＥＦ殘黨降之後，險些吞噬五大人造星球的超巨大型時空裂縫終於平息。

五大星球無一倖免，尤其是黑洞面積廣大、差點引發藤原效應的第一與第四星都更是釀成前所未有的災難，死傷規模慘重。

世界政府鎖定曾和溫斯頓有過關聯的場所，接二連三循線找到長期進行非人道實驗的隱密研究所和孤兒院，進而逮捕參與人體實驗計畫的研究員，並救出尚未投入實驗的大量時空迷子。

ＡＥＦ的倖存者多為沒有身分證明的時空迷子，身體上有著各式不一的人造刺青，並被長期投以精神藥物。

與溫斯頓聯手的成員，一部分為有利益勾結的政府官員，或是至親淪為人質、被迫合作行事的一般學者。而資金方面的來源補充則是逼迫一部分迷子成為時空竊賊，竊取財物高價變賣。由此得知，遊走於黑暗世界的商人與企業家也有所掛勾。

連續數十日的緊急救援活動獲得喘息後，倖存的軍隊、研究員、政府官員等，凡是與本次事件牽扯的相關人士均被送審至特殊法庭，開始不見盡頭的審判與社會譴責。受審名單也包括製造人造裂縫的中心軍隊、白隼博士與其妻子等首席研究員。

與本次災害相關的人體實驗數據、樣本、設備等大量證物全數遭到扣押，舉凡有扭曲過去與未來的時空裂縫相關實驗儀器正進入銷毀程序中。該如何將本次事件與物證紀錄於歷史，將是未來的一大考驗。

目前為止，失蹤人口數仍無法統計，而身為本次事件的受害者、同時也是加害者的時空迷子們則下落不明。

身為事件主要人物之一的尼歐．哈比森被發現時已失去所有生理機能，只留下被炸得支離破碎的機械殘骸；人造烙印者陸昂、榭絲卡等人行蹤不明，然而罹患黑紋病的他們勢必會走向末路；至今仍未找到主謀者溫斯頓以及梅菲斯的屍體。

馬不停蹄、不分晝夜的救援活動長達數十日，公元三千年的居民就在這片前所未有的黑暗與低迷中迎接了新的一年。

即便眾人竭盡所能縮小災害，此次由時空裂縫所釀成的人為悲劇，被後世稱為——第三次黃昏災厄。

★※★◎★※★

公元三千零一年，一月十日。

讓人不敢奢望會停歇的冬雪天空總算迎來陽光。

幾乎完全遺忘聖誕連假與新年這幾個字該怎麼寫的安赫爾，頂著一張慘灰到跟白紙沒兩樣的臉色走出隸屬世界政府、唯有高層與特殊人員才可進出的軍事法庭。

穿越嚴密的站崗隊列後，安赫爾快步踩著大門廣闊的石階梯，和前方穿著白袍的少女揮揮手，「老師，您也等等我嘛，走這麼快膝蓋沒問題嗎？」

嚴寒之中難得出現了太陽，安赫爾沐浴著和煦的午後日光，總覺得吸進肺腔裡的空氣也不是這麼凍人了。

「少戲弄長輩了，再說咱不喜歡那種地方，不自覺腳程快了些。」百里醫生隨意的撥開被風吹亂的紫色及肩短髮，「你那臉色是幾天沒闔眼了？當真不打算歇會兒嗎？」其實她那多了兩輪暗沉的眼袋也沒什麼資格調侃對方就是了。

「不了，我們快回去吧，這種時期哪有時間休息。」頂著那張差勁透頂的臉色，安赫爾還是瞇起眼，調皮的笑了，「但是好久沒和老師一起出來了，也不全然是壞事。」

「哼，盡是說這種不正經的玩笑話。」

身為第二分局局長的安赫爾，以及醫療科權威的百里醫生在治療傷患之餘，也受到世界政府通知，前往參與特殊法庭的審判。和軍審類似，第三次黃昏災厄的審判過程屬於高度機密，安赫爾和百里雖說受到號召，但說穿了也只是乖乖待在法庭內當個觀眾。

認為自己有責任必須用雙眼記錄一切的安赫爾理所當然出席了，反倒是長期受到管理局囚禁的異邦人百里醫生稀奇的獲得短期釋放，終於有理由正大光明的行走在街上。

日以繼夜的穿梭救災現場，安赫爾和百里這對師徒臨時也找不到什麼體面的正式服裝，只好穿著救災用的白袍出席。現在離開了法庭，一師一徒當然依舊穿著些許沾到塵埃與髒汙的白袍，並肩行走在人行道上。

照百里那稚嫩到可媲美高中女生的年輕容貌，從外人眼裡看來與其說是師生，不如說是兄妹還比較貼切。

「……這種結局，究竟是誰期望的呢？」將手插在白袍口袋裡，安赫爾凝望著兩旁的行道樹枯枝，忍不住這麼低喃。

「你就別咕噥了。」

「如果說這是扭轉過的美好未來，又有誰會相信……啊啊，真想好好過個年。」

向來不曾有過思鄉情的安赫爾不知怎的，突然很想一睹老家的景色。

其實不單單是安赫爾和百里，於關鍵時刻扭轉局勢、阻止傷害擴大的武裝科科長暮雨也是本次會議應出席人士之一，只是在消息傳到暮雨耳裡之前就被安赫爾強硬壓下來了。法庭上也有白隼博士和沙利文，要讓他目睹相當於是救命恩人的白隼夫妻受審，安赫爾可做不出如此殘酷的事情。

「我會加油的，老師。」安赫爾朝天空吐出一口白霧，「會發生溫斯頓和梅菲斯那種事情，就代表我們的努力還不足，所以我會繼續改變的。」

——你們終究無法拯救全部的人。

就算再怎麼嘔心瀝血、如何的犧牲奉獻，他們也不可能完全根絕這世界的醜惡與絕望，「咱就替你看著吧。」儘管如此思考著，百里還是闔上帶有細長睫毛的雙眼，輕柔的低喃。

「百里老師！」

路途上閒聊到一半，一位身體如枯枝般瘦小的少女在馬路另一端朝他們揮手，正巧踏著綠燈的斑馬線奔跑了過來。少女瘦弱過頭的身體實在太醒目，當冬風吹拂而過時，安赫爾還以為風會直接把人吹走。

「櫻草，這怎麼跑出來了？」百里摸摸撲向自己的少女，這女孩應該是在管理局裡等他們回去才對。

「等了好久，您都沒有回來。」向來乖僻的櫻草對百里露齒一笑，這陣子嫌麻煩的緣故，紅褐色的長髮紮成了辮子。或許是被風一吹，頭髮多了些像是剛睡醒般的翹亂。

連日的救災中，身為未來迷子的櫻草也投入活動，對醫學抱持極大興趣的她主動成為百里的助手。已經無法回歸原本時空的她進而成為了百里醫生的弟子。

當時，得知百里老師收了新徒弟、對象還是那位性格充滿尖刺的少女時，安赫爾立刻一副調戲良家婦女般的湊近說了句：「叫聲師兄來聽聽啊？」果不其然當場被櫻草揍了一拳，而且還是往之前差點被尼歐打穿的舊傷口揍，痛得安赫爾差點流出眼淚來。

「那麼，一起回局裡吧。」

「好的，百里老師。」櫻草點點頭，乖順的跟了過去。

「嘖嘖，怎麼對我就不是那種態度呢……」

安赫爾看著暴躁的迷子在老師面前立刻變成溫順的小綿羊，嘀咕了幾句後也重新踏出腳步跟了上去。身高差距的緣故，雙腿修長的他沒一會兒就跟上了前方兩位女性。午後陽光吹融了幾團冰雪，安赫爾有著防滑鞋底的靴子踩過溼潤的地磚，於融雪中留下足跡。

冬風吹拂，他銀白的髮絲彷彿也融入了雪色中。

「未來已經徹底改變了，櫻草小妹子。妳所生存的五年後的世界……五年後的平行時空，或許已經不存在了也不一定。」盯著頭頂上的藍天白雲，他突如其來的說道。

平時安赫爾本來就喜歡閒聊，甚至被認為是多嘴，今日的對話內容似乎又脫離了點他玩世不恭的氣質。

「也或許，現在我們所屬的世界才是假貨，就算是這樣也沒關係嗎？」

「我不後悔。」櫻草抬頭看著並肩而行的他說道：「我會待在這裡，在這個改變的未來，好好的活下去。」

「真是勇敢，不愧是我的小師妹。」安赫爾忍不住笑得露出牙齒，伸出手摸摸她的頭，順便揉亂她的頭髮。

「放手，你沒事亂摸幹嘛啦！」這下櫻草的頭髮簡直像鼓起的鳥類翅膀一樣蓬鬆。

百里就這樣旁觀著在路邊玩起來的徒弟兩人，像是想到什麼似稍微瞪大眼，「咱突然想到今天要幫朔月拆繃帶呀，快回去吧。」

★※★◎★※★

黃昏災厄落幕之後，被派遣到外地的雪莉和該隱繼續待在當地救災。歷經聖誕節、跨年夜和新年，現在甚至連一月也快過一半了，卻遲遲沒有能回歸第二分局的一天。長期下來暮雨能量嚴重不足的雪莉達到前所未見的暴躁指數，只能由相較之下沒受外傷的該隱拉住這匹脫韁野馬。

難得的休息時間，雪莉待在救災地臨時搭起的物資中心休息區，靠在躺椅上歇息。正打算闔眼小睡片刻的她突然聽見口袋裡的手機一響，下意識拿出來確認是否又有新的災情出現。

不知是福還是禍，名為「安赫爾與荻深樹的夢想俱樂部」的詭異群組名傳來了最新訊息。

「這什麼鬼？」第二分局的颱風二人組？

看這群組名可能會引起下一波災難，雪莉想回頭時已經來不及了，手機一打開，群組就立刻丟了部不知名的影片過來，開始自動播放。

「這、這什麼鬼東西啊啊啊啊啊——！」雪莉暴跳如雷的怒吼聲響徹整個休息室。

影片內容相當簡單，是當時暮雨從海中救起白火的片段。

魔鬼科長對白火展現出相當具有服務女性的紳士風度，那是雪莉夢寐以求、朝思暮想到魂不附體的公主抱。

「不可原諒，那個該死的混蛋女人！」差點把播放中的手機折成兩半，從海中歸來的兩人不知怎的，耀眼到差點瞎了她的雙眼，「到底是什麼時候拍的啊！攝影機？人家在那邊和黑洞搏鬥，安赫爾和荻深樹那兩個混飯吃的蠢蛋卻在架攝影機？！還有白火那個不知羞恥的臭女人啊啊啊啊——！」

一個肚子被打穿了洞，一個被生化人開了好幾槍，兩個差點被送進太平間的混蛋竟然還有心情搞偷拍！還有那個莫名其妙的純種難民，打從一開始她出現後就沒有好事！根本不該把她救起來，應該直接把那女人沉到海底當深海魚、或是扔到外太空當宇宙垃圾，現在她也不用被這種影片荼毒眼睛！

雪莉立刻對著「安赫爾與荻深樹的夢想俱樂部」群組按下通話錄音鍵：「統統給我去死一百遍吧！下次有黑洞出來老娘第一個拿球棒把你們打進去來個再見全壘打！下地獄見鬼去！」

「喔喔，今天還是一樣熱鬧。」該隱這時也走進休息室，一踏進門就看到金髮少女對著手機河東獅吼的盛況，正打算發問時，自己的手機也響了，他看了一下螢幕上的通知，「這什麼？安赫爾與荻深樹的夢想俱樂部？」

「閉嘴，不要讓我聽到那個名字！」

管理局的颱風二人組啊，好像有點有趣，他等等再來看好了。該隱搶在影片自動播放時就收起手機，「話說回來，我的維納斯呢？」

「老娘哪知道你在講哪個維納斯！」這換女友如新衣的劈腿男恐怕連對面養老院的阿婆都會稱作維納斯，誰知道在講哪個女人。

該隱搶在差一點被不耐煩的雪莉踢飛之前趕緊鬆口：「就是那個美若天仙的AEF姐姐啊！」

同樣身為女性的雪莉立刻生出一股敵意，一臉嫌棄的回嗆：「哦？你說那濃妝豔抹的老太婆啊？那種鞋跟和裙衩都高到不行的老女人，我哪知道死去哪了！一點鬼興趣也沒有！」

不過，她現在倒是有點想叫那個濃妝老太婆回來就是了，最好讓她再打開一次人造裂縫，直接把安赫爾、荻深樹和那個該死的白火一起塞進黑洞裡，讓他們相親相愛被碎成絞肉也好，省得又有人覬覦她的暮雨科長。

「又說這種話，當初不就是妳放她走的嘛。」

「囉嗦！精神上的萬年處男閉嘴啦！」

「如果是我的話，應該會在死前去見想見的人吧。」

「你想見誰干老娘屁事！」

★※★◎★※★

榭絲卡隻身一人降臨在立著建築的黃沙大地上。

冬日的72區自治區除了少有綠意的荒漠土地外，又多了股刺鼻的寒意。每當冷風吹過她的手臂時，衣袖下逐漸擴展蔓延的黑色瘀傷就會傳來火燒般的疼痛，然而她眉間皺也沒皺，只是靜靜的、靜靜的向前走。

曾經歷經生離死別的沙族族人就在眼前等待她的歸來。

「……我回來了。」

最後，榭絲卡和族人們相擁而泣，傾倒在熟悉的溫暖胳臂裡。

★※★◎★※★

災難復興期間，管理局第二分局的醫療科與附屬醫院需要暫時性的接納負傷局員與民眾。大戰中，雙眼周圍受到重創的路卡並沒有投入災難後的救援活動，而是待在病房進行長時間療養。纏滿雙眼的繃帶與紗布幾乎隔絕了所有視野，這段時間，立下豐碩戰功的第二分局狙擊手可是徹底成了半個盲人。

「要拆了喔？人家要拆了喔？」

今日，在主治醫生的默許下，探病的某人遵從指示小心翼翼拆掉他眼上的繃帶。

一絲光明闖入他長期浸淫黑暗的眼皮，路卡刺痛的皺起眉，漸漸習慣亮光後，他有些膽怯的睜開眼。

彷彿剛睡醒的渙散，視野一片模糊，他反覆眨了幾次眼睛，眼前朦朧的景色逐漸聚焦。體會到視力恢復的喜悅，他暗自鬆了口氣，療傷期間壓在胸口的大石也隨之瓦解。

「路卡小夥伴，這是幾？」

「三。」

「那邊那個是什麼？」

「局長送的水果籃。」

「我是誰？」

盯著眼前距離近到幾乎可以抱住他，正眨著眼睛暗示某種訊息的女性，路卡翻了翻白眼，相當配合的吐出一句：「美麗的荻通訊官大人。」

「嗚哇哇哇！路卡小夥伴的眼睛、竟然看得見啦——！」

「不要把我說得好像瞎了一樣！」

「真是可喜可賀、可喜可賀……嗚嗚哇哇啊啊——！」

向來不懂閱讀空氣，這下總算看對場合說出「可喜可賀」的荻深樹抱著路卡大哭。

「路卡小夥伴，路卡小夥伴！你知道這段時間我有多麼擔心你嗎？要是你真的失明而被革職，失去工作身無分文無家可歸毫無長處一丁點朋友也沒有的你該怎麼辦才好？光是想像你在公園裡睡紙箱度過嚴冬的淒慘模樣，荻通訊官我的淚水就無法克制了……嗚！先讓我吸吸鼻水！」

好不容易重見光明的路卡決定不糟蹋這股喜悅，大發慈悲的關愛著眼前逕自演起戲來的瘋女人。

眼睛湊巧瞄過通訊官的腰際，路卡接著問道：「話說回來，妳的傷沒事吧？」

「嘎？」演得正起勁的荻深樹眨眨眼，指指自己的腰，「你說這裡嗎？安啦安啦，只是點小擦傷而已，我還可以爬樹喔！想看嗎？想看嗎？」

「不了，謝謝。」誰想看一個通訊官像猴子一樣爬樹啊。

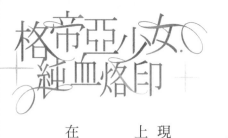

聽之前來探病的芙蕾說，當時有一發子彈穿過鐵門、從背後打進了荻深樹的側腰，現場血花四濺。沒有目睹現場，僅僅只是想像那副光景，冷意與恐懼感就無法自拔的竄上了路卡的頭皮。當時被尼歐射傷的他若是選擇放棄的話，眼前的荻深樹又會如何呢？

不，說不定就是因為荻深樹選擇繼續奮戰，他才有辦法逃過一死。

「對了，這是拆繃帶的賀禮，機會難得，我們一起照顧吧。」荻深樹突然將暫時放在窗臺的東西遞到他眼前，是個裝有植物的盆栽。

「這什麼？」

「花。」

「我知道，我不是瞎子。」雙眼視力完全康復的路卡如是說。

「哼哼哼，可別小看這孩子，它可是大有來頭的喔。」荻深樹伸出食指，賣關子的嘖嘖了幾聲，「他叫做尼歐。」

「噗——！」正在喝水的路卡把嘴裡的水噴出來，「那個怪物鐵塊？花？！」

「嗯，從他散落的零件四周長出來的。我想應該是機械零件因為極大溫差而昇華為種子，種子發芽，鋼筋內部的能量又順著毛細作用讓花朵成長茁壯的緣故啦。曠世巨作等級的奇蹟。」

「妳重修生物課吧。」

「大戰後開始救援活動和修繕發電塔時，尼歐小夥伴爆炸的殘骸旁邊長出這個，那種地方竟然會突然生出植物，我想說太難得，就請人移植過來了，這也算是種緣分。」

「不，這絕對不是什麼好緣分……妳都中一槍了，竟然還有力氣去舊地重遊？！」明明已經下定決心要維持住溫馨氣氛，卻還是破口爆出一連串吐嘈，才剛拆繃帶不久的路卡就感到太陽穴隱隱作痛。看來就算傷勢初癒，荻通訊官的思考邏輯也沒打算放他一馬。

「我看了一下研究所裡差點被銷毀的資料，裡面有尼歐小夥伴的病歷表。」荻深樹將綻放著淡藍色花朵的盆栽放回窗口，一改方才的瘋狂，靜下心來細細說道。

除了梅菲斯以外，ＡＥＦ的成員幾乎全為管理局無法及時救援而被迫遊走於灰暗世界的時空迷子，尼歐也是其中一人。尼歐以實驗體的身分在孤兒院被撫養長大，原本為人造烙印實驗的失敗品，瀕臨死亡之際又被強制進行人體機械改造實驗，竟奇蹟般的撿回一命。

想起那位外觀年齡和艾米爾相仿的生化人少年，一股難以言喻的陰鬱感彷彿魚刺般梗在路卡喉嚨，讓他沉默了好一陣子。

如果沒有這場災難，如果沒有任何促成紛爭與死亡的引信，尼歐和艾米爾，還有其他ＡＥＦ迷子們的人生又會有何改變呢？在心中的某處，路卡無法自拔的幻想起來。

所謂的如果啊，總是建立在不可能之上。

「……尼歐究竟是被逼迫，還是真心想替溫斯頓行事的呢？」

「誰知道。」荻深樹聳聳肩，接著輕嘆一口氣，「不過沒人知道也好。」

「說得也是。」

午後陽光灑落窗邊，穿透半透明的藍色花瓣傾斜在窗臺上。路卡、荻深樹、尼歐，降臨在這片土地上的所有人，如今都沐浴在孕育萬物的日光之中。

「這次要好好長大喔，尼歐小夥伴。」荻深樹撫摸了一下綠葉，對花朵露出不輸給太陽的溫暖笑容。

此時，病房外的走廊傳來不小的踏步與囂雜聲，光聽每一下踩在地板上的沉重腳步聲就可猜出對方體形之大，走廊上同時傳來醫護人員的勸阻和帶點結巴的笨拙道歉聲。

幾秒後，一位身高足足有一百九十公分、頭上頂著一對黑青色龍角的高大青年興致高昂的闖入了病房裡。

「路卡，路卡。我聽說，你拆繃帶了。」朔月平日緩慢的語調多了幾分高昂，連門也忘記敲就跑進房間裡來，可見他的雀躍之大，「你，看得清楚我是誰嗎？」

「看得見啦，倒是你，不乖乖待在床上養傷沒關係嗎？傷口還沒復原吧。」

「龍族，很強。」朔月擺出了個不知道是跟誰學的戰隊姿勢，「刀槍不入。」

不不不，那時候豪雨等級的子彈幾乎都命中到你身上了，也卡進鱗片裡了，你就別再講究那種怪力亂神的成語了吧……路卡在心中嘆了口氣。

「你們看，我的角。百里醫生幫我修好的。」朔月蹲到床邊，縮起高大的身軀，向眼前的兩位同事展示自己明亮光滑的龍角。那反射日光燈的平滑表面，讓人聯想到打磨過的深層礦物。

「喔喔，和以前一模一樣！」荻深樹相當不客氣的伸手摸了摸朔月的角，別說是接縫了，連那種類似骨骼附了層薄薄皮膚的奇妙觸感都和以前相差無幾。

這就是百里醫生的手藝啊，辭職後去開整形診所說不定會很賺？

「還原度還真高，這是什麼材質啊？朔月小夥伴。」荻深樹接著相當不客氣的用指節敲了敲，硬邦邦的，手指有點痛。

「商業機密。」

路卡也摸了摸龍角，觸感還不錯，「給其他人看過了嗎？」

「還沒有，大家都很忙，休息時間再去。」

「這樣啊，大家看到了一定會很高興。」

「嗯！我也很高興。」朔月笑著站起來，像是撲上旅人的黑熊般用盡全力環抱住坐在床上的路卡，「我好高興……真的好高興喔，路卡！」

「我、我知道……我知道了啊啊啊啊快放手！好痛、骨頭、我的骨頭啊啊啊！」

「喀。」

一聲清脆響亮、伴隨著荻深樹那「哇塞，好像有什麼斷了耶！好厲害喔！」的高分貝歡呼，朔月像是闖禍似的小孩般「啊」了一聲。

「對不起喔，路卡，我不小心太用力了。」

「欸嘿嘿嘿！所謂住院有一就有二，無三不成禮，真是可喜可賀，可喜可賀啊！」

好不容易傷勢康復的路卡二度骨折，人都還沒離開病床半步，就再次受到重挫。

得知這個消息的局員們輪番來探望，連暮雨也罕見的踏入病房，沒血沒淚的丟了句風涼話：「這不也挺方便的？連住院手續都省得辦了。」

如此這般，路卡再次展開永無止境的養傷人生。手臂骨折的他一手打著石膏，一手拿著澆水壺，拖著沉重的雙腿慢慢移動到窗臺前。

「說什麼一起照顧，最後澆水的人還不都是我……嘖。」

發牢騷歸發牢騷，他還是細心的澆水照料，並小心翼翼的把盆栽挪動到陽光充足的位置。水分潤溼了盆栽裡的土壤，灑在花瓣與葉片上的水珠反射著陽光。

路卡記得之前安赫爾也心血來潮在局裡種起家庭菜園來，結果因為加班加太凶沒時間照顧，把澆水器丟給暮雨，暮雨又把澆水器塞到該隱嘴裡，幾次大風吹下來，最後照顧蔬菜的責任也莫名其妙落到他身上。

不知道那堆菜現在如何了？他心想，應該能收成了吧。

路卡憐愛的輕撫過花莖上的葉片，將平滑的葉片觸感停留在掌心。

「這次要好好長大喔。」

然後，他對著吸飽日光的花朵說了和荻深樹如出一轍的話語。

★※★◎★※★

在不見盡頭的黑暗中，艾米爾緩緩張開雙眼。

癱軟無力的四肢彷彿被用鎖鍊固定在病床上，怎樣也無法使力，刺疼發麻的熾熱感襲上胸口，疼痛的像是把鋼釘打進腦門裡似的，全身的骨頭都響著焚身般的警訊。

從來沒想過自己還有恢復意識的一天，艾米爾花了好一番時間才領悟到「活著」的這個事實，僅是純粹的、純粹的感到無助與怔忡。

距離很近，僅在咫尺遠，他聽見了某個人呼喚自己的聲音。

「艾米爾……」

某隻溫柔的手握住他插滿點滴管的傷痕手掌，艾米爾稍微轉動僵硬的脖子，意識尚未完全恢復，他朦朧的思緒仍逐漸的察覺到——自己的左眼看不見任何東西。

就像心臟被剜走一塊血肉似的，左眼的眼窩裡空無一物，感受不到重量與神經的連結，眼珠子與視力都被硬生生剝離而出。不見了，原本應存在於他眼裡的東西消失了。

「艾米爾，太好了……你終於……醒了……」

當他辨認出這是芙蕾的聲音時，眼淚終於從完好的右眼湧出，傾洩而下，濡溼了枕邊。淚水沾溼臉上的繃帶，刺激著尚未癒合的傷口。

「我已經……什麼也沒有了。」

與死亡擦身而過，僥倖脫離永遠的昏睡，艾米爾瞬間明白了一切。

家人，同伴，視力，尊嚴。曾經獲得的信任，被寬恕的權利，甚至是今後活下去的資格，什麼也沒有了。

最初是孤兒的身分，而後變成隻身一人，如今脫離了死亡，卻再無歸處。成為叛徒的他，早就自己親手毀了唯一的歸屬。

為什麼要讓這樣的自己醒過來呢？艾米爾遲緩的情緒如此埋怨著。

——與其像這樣一無所有的苟且偷生下去，不如死了還比較痛快，反正根本不會有人為我的死感到悲傷，為什麼非得醒來不可呢？

「我以為你再也醒不過來了……就這樣永遠沉睡下去，對你而言說不定才是最好的結果。」芙蕾緊緊握著他的手，壓低著混合鼻音的聲音如此說道，「但是……每天看著昏迷的你，我就漸漸發覺……我果然還是希望你繼續存在於這個世界上，無論經歷怎樣悖理犯義的事情，我從來不曾期待過你的死亡。」

「……」

「活下去，艾米爾，然後贖罪吧。」

芙蕾的聲音輕盈如羽毛，卻結實的烙印在他心底。

「為自己的所作所為負起責任，繼續向前走。不要害怕，我會陪著你的。」

這句話如漣漪般響徹著艾米爾的胸口。

「——艾米爾。」

恍惚的，艾米爾又聽見了另一人的呼喚。視力重度衰退的他只能隱約瞧見某個墨綠色的人影逐漸走近他，緩慢而溫柔的牽起他的手。

感受到掌心傳來溫暖的同一瞬間，艾米爾迷茫的視線看見了一對黑青色的龍角。

「我一直，在等你醒來喔。等了好久，好久好久。」朔月憐愛的、小心萬分的將他的手心捧在自己巨大厚實的掌心裡，「明明時間流逝對我而言，只是一瞬間，我卻等得有些不耐煩了呢。」

「朔、月……我明明，對你……」

「嗯，沒關係，這些，都沒關係。」

朔月將他軟弱無力的手抬了起來，攀附在自己的龍角上。

艾米爾的指尖碰觸到光滑黑青色的物質時，膽怯的瑟縮了一下，罪惡感逼迫他縮回手，卻被朔月緊緊抓住，怎樣也抽不回來。

這剎那，時間就像是被凍結了一樣，僅僅一瞬，卻是永恆。

艾米爾細細撫過完好如初的龍角。

「我原諒你。」感受到少年指尖的柔軟觸感，朔月笑了，「無論其他人怎麼說，我都原諒你。」

他再次握住艾米爾脆弱細小的手，將自己掌心的熱度傳達到對方手上。

「所以，有機會，再一起去天空飛翔吧。」

聽見這番話，艾米爾終於再也看不清楚眼前的景色。

直到回過神來時，向來堅強而不曾露出一絲脆弱的他彷彿是徬徨無助的嬰孩，無法自拔的抱著芙蕾痛哭了起來。

「謝謝、謝謝你們……謝謝……」

在這之後，伴隨著社會輿論與批判的一連串審判之中，傷勢嚴重的溫斯頓之子——

艾米爾．沃森堅持拖著負傷的身軀出庭。艾米爾和大部分的ＡＥＦ罪犯相同，在審判結果定案前都被安置在時空管理局設立的特殊病房裡。病房內外一律設置嚴密的電子鎖控管，嚴禁會面與外出，僅有少數相關人員可以與其接觸。

傷勢康復後的他必定會遭受嚴厲的審判與罰則，來自大眾的異樣眼光與譴責又會如何伴其一生，今後的他將走向怎樣的未來道路，目前仍無人知曉。

★※★◎★※★

同樣身為首要罪犯之一的諾瓦爾待在特殊病房裡，若有所思的打量著穿衣長鏡中的自己。比起其他人，他的傷勢不重，在房內走動也不是問題。只是處於囚禁狀態的他在這段時日無法踏出病房一步，連訪客都受到嚴格控管，這點倒是令人難耐。

無關真實身分與目的，身為ＡＥＦ一員的他即便初衷是拯救未來，康復後依舊得接受軍審，恐怕終生都得在牢裡度過。

「哼哼，怎麼樣啊？公元三千年的高科技。」

今日，前往各地指揮復興活動的安赫爾竟然會出現在他的病房裡，還真是稀客。

「還不錯，挺靈活的。」諾瓦爾彎了彎右手臂，又轉了轉幾個角度，甚是滿意的點點頭，「您也不用刻意強調公元三千年什麼的，我可是未來人啊，這種東西我又不是沒見過。」他本來是想回嗆「我又不是二十一世紀來的小姐」，但是這樣好像對主人有點不敬，於是決定乖乖閉上嘴巴。

「其實我在手臂上設置了和生化人小弟類似的渦輪機制，只要你有心，隨時可以使出火箭飛拳。」

「真的假的？」

「當然是騙你的。」

家教良好的管家諾瓦爾難得嘖了一聲，心想著要是真的有這種功能，第一個就把眼前的蒙古大夫轟到外太空。

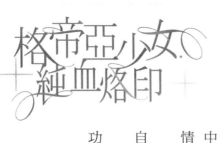

大戰之後，罪刑最重的諾瓦爾因為屢次穿越時空而罹患黑紋病，被安置在特殊病房中休養，是為一級罪犯。為了控制住身為罪犯、同時也是重要情報提供者的諾瓦爾的病情蔓延，醫療人員率先截肢了他壞死的右手臂，並更換最新型的機械義肢。

不過本人目前似乎還沒習慣新手臂的樣子。附帶一提，機械義肢的一切經費都是出自於安赫爾個人財產，似乎是安赫爾對於他改變未來的謝禮。

切除患部裝上義肢，加上用青金石的抑制作用與定期服用藥物，他身上的黑紋病成功得到了抑制，「看來我還可以再活一段時間呢，真是讓人高興。」

「那是當然，你可是拯救世界的英雄啊。」

「頭銜怎樣都無所謂，要是能再見老爺和夫人一面就好了。」

「那倒是沒辦法，參與計畫的研究員都在特殊監獄裡進行長期審判，連我也很難幫忙，不過啊——」安赫爾接著說：「至少我有幫你拿到口信，不介意我當傳話筒吧？」

安赫爾拿出某個小型錄音器，按下開關。錄音的沙沙雜音之中，白隼博士的低沉嗓音流洩了出來。

「我相當感謝未來的自己。多虧未來的我們，才能扭轉命運。」

聲音很模糊，多半是安赫爾利用特殊管道和監獄中的白隼會面，偷偷錄音下來的。

「但是……若要說唯一的遺憾，那就是再也無法與家人相見這點了吧。」

「需要替您傳話嗎？白隼博士。」

沉默了片刻後，錄音器裡傳來白隼和沙利文的聲音：「……請替我們好好和孩子們說聲再見，還有對不起。」

他們所說的「孩子們」究竟是指目前年幼的白火和諾瓦爾，還是反覆穿梭時空後、再次於公元三千年重逢的白火、暮雨和諾瓦爾呢？安赫爾並沒有追問，畢竟無論是誰都已不再重要。

諾瓦爾靜靜聆聽著音質逐漸劣化的錄音器，苦澀著一張臉。他下意識按住已淪為冰冷機械的右手臂，用著暈出一團陰影的眼神直盯著桌上的錄音器。

音檔短暫卻又漫長，老爺與夫人的每一道聲音、每一個咬詞字句都重擊在他心中。

就在他認為錄音結束時，白隼的聲音再次傳入他的耳裡：「尤其是……諾瓦爾。」

諾瓦爾微微瞪大雙眼，「……老爺？」

「一直以來感謝你照顧我的家人，我最忠誠的管家。去你想去的任何地方吧。」

明明只能聽見聲音，諾瓦爾卻能清楚的感覺到——另一端的白隼正笑彎著眼眸，慈愛的摸摸他的頭。

「——你已經自由了，諾瓦爾。」

「喀」一聲，錄音就此中斷。

白隼的聲音彷彿海市蜃樓般，不斷的、久久的在諾瓦爾的心中重複鳴響著。

「……我聽說白隼博士所製作的青金石不只有控制黑紋病病情的功能，同時也是一次性的小型時空傳送裝置。」沉默了好一段時間後，安赫爾收起錄音器，「前陣子我偷偷研究了一下博士的時空傳送裝置，其傳送所需的燃料正好和青金石是類似的物質。」

安赫爾將口袋裡的某個東西拋到諾瓦爾手上。是類似於青金石、凹凸不平的藍色石頭，這是從傳送裝置裡拿出來的燃料，「反正黑紋病的病情也穩定下來了，你若是需要的話也可以開啟時空裂縫。如何，這樣的結局還不錯吧？」

「……」

「有任何想去的地方嗎？小忠喵。」

所謂的「想去的地方」究竟是哪裡呢？諾瓦爾在心中無數次的追問著自己。擅自改變了未來的他們，那份未來，真的是所謂的「真實」嗎？

「……在不計其數的平行世界中，或許會有其中一個世界的小姐是需要我的吧……我想，只要前往那裡，我就能得以喘息。」諾瓦爾握著掌心中的彷彿月球表面的石頭燃料，任由寶石的冰冷吸食他的體溫。

「倘若真的找到了，那個白火真的是白火嗎？」

「或許是，也可能不是。你就別為難我了，這麼艱深複雜的事我不懂呀。」諾瓦爾笑了，那抹笑容在安赫爾眼裡看來寂寥無比，「我只是……不想再鬆開小姐的手了。」

安赫爾看著這樣的他，沒有多說什麼。沉默了片刻後，「那麼──臨走前，幫我一個忙吧？」安赫爾向他提出了某項提議作為交換條件。

諾瓦爾聽了個大概，「那還有什麼難的？樂意至極。」便毫不猶豫的答應協助。

那天深夜，特殊病房內的警報器大響。當警備趕到時，房內已空無一人，備有多層警報系統與紅外線偵測監控的特殊病房像是玩具屋般，輕而易舉的被破解所有機關。有關諾瓦爾的病歷表與所有相關紀錄都在一夜之間被全數抹消，至今為止仍找不到諾瓦爾潛逃的任何蛛絲馬跡。

今後的諾瓦爾該何去何從呢？安赫爾聳聳肩，頗有言外之意的說了句「我怎麼可能知道呢」。

06. 深海的訣別

當背部受到嚴厲卻意外帶點溫柔的搖動時，趴臥在書桌上的白火下意識像隻貓一樣瑟縮起來，掙扎了片刻後才緩慢的睜開睡眼，腦筋一片空白。

「妳是要睡到什麼時候？」

「……唔……」她揉揉雙眼，剛睡醒的腦袋還有些短路，傻愣了幾秒後才發現搖醒自己的青年還站在身後，「暮、暮雨？」

「看妳睡成那樣，我本來不打算吵醒妳。」情感淡薄的暮雨今日也不改冰冷語調。早就習慣他這種脾氣的白火不以為意，從暮雨還肯主動叫醒她這點就能得知他的溫柔體貼。

「什麼書這麼有趣？」暮雨看著她趴睡而壓在臉上的書桌壓痕，不，書籍有趣的話應該不會睡成這種邋遢模樣，他改了口：「怎麼會睡在這種地方？」

「這麼說來……我也不知道。」思緒逐漸恢復的白火瀏覽一下四周，兩面牆占滿了書櫃，每個櫃架上都擺滿了書本，藏書之多說是圖書館也不為過。

是暮雨的書房，她怎麼會在這種地方睡著了呢？

「準備好就下來吧，我在樓下等妳。」把她叫醒之後暮雨率先走出房間，留下一臉茫然的白火。

她似乎遺忘了相當重要的事情。

身上的衣服還算得體，也沒有刻意換裝的必要，白火到盥洗室稍微梳洗，然後快步

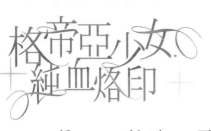

下樓。才剛來到一樓餐廳，就看見諾瓦爾將擺盤精緻的菜餚接連端上餐桌。

平日總是穿著成套西裝、戴著黑禮帽的諾瓦爾，難得換上較為悠閒的套裝，帽子也拿了下來，及肩帶點恰到好處自然捲的酒紅色髮絲率性綁起，這模樣還真新鮮。

「您終於來了，小姐。老爺和夫人都在等您喔。」諾瓦爾看見姍姍來遲的她，沒轍的笑了，「您還是一樣從容自在呢。」

「小黑，今天有誰要來嗎？」

「您忘了嗎？今天可是約定許久的日子，您不是一直很期待的嗎？」諾瓦爾一邊說著，手絲毫沒停歇，迅速將餐點擺在餐桌上，「若是不介意的話，請過來協助我吧。」

白火再次歪歪頭，約定許久的日子……這麼說來，好像是這樣，今天似乎是相當重要的日子。

然而怎樣也無法想起確切的內容，白火乖巧的走進廚房，按照諾瓦爾的指示進行協助。一旁的暮雨也沒閒著，遵從諾瓦爾指定的菜單，熟練的甩動著鍋柄，接二連三的將料理送上盤子。

暮雨會做菜啊？她還是第一次見到。

大致上準備就緒後，白隼和沙利文也來到了餐廳，兩人有別於昔日的研究員白袍打扮，換上輕鬆的居家服。時常沾染在兩人身上特有的藥品味也不再刺激鼻腔。

「今天不用工作嗎？」白火將最後一道餐點放到桌上，順便詢問已經就座的雙親。

「嗯，休假。」白隼說道，和沙利文相識一笑後，接著又補了一句：「最近也有打算把工作辭了，改做自己有興趣的事，妳會生氣嗎？」

「怎麼會呢？如果爸爸媽媽有想做的事情，我也會很高興的。」坐下後的白火笑著搖搖頭，她不是需要照顧的小孩子了，若是父母有自已的理想，她也沒打算插手干擾。

這時，門鈴響起，「應該是到了，我去迎接。」諾瓦爾行了個禮，前往門口將訪客迎入屋內。

端詳著鋪上潔白大方的桌巾、以及羅列在餐桌上的精緻料理，客廳內打掃得一塵不染，午後陽光透過落地窗投射而入，一切美好的宛若夢境。

今天究竟是什麼日子呢？家庭聚餐嗎？白火還是想不起來。

「——不好意思久等了，我回來了。」

陌生卻又熟悉的清澈嗓音從門口傳了過來，隨著諾瓦爾的帶領，纖瘦的高挑青年走進客廳，優雅的入座。這下，全員都到齊了。

「歡迎回來，白夜。」白隼和沙利文對著餐桌對面的青年溫和一笑。

「嗯，好久不見。」白夜也笑彎了赤紅色的瞳眸，「這些全都是小黑做的嗎？好厲害，我還以為是藝術品呢。」

「暮雨和小姐也都有幫忙。少爺難得回來，我就不自覺花了一番心思呢，希望您會喜歡。」

「謝謝你們，我很開心。」白夜摸摸坐在他身旁的白火的頭，「好久不見了呢。」

「怎、怎麼這麼突然？」突然被摸頭的白火嚇了一跳，縮起肩膀。

「沒什麼，只是想說一般的家庭裡，哥哥應該會這麼做吧，所以我也嘗試一下。」

寡言沉默的暮雨難得開口了：「大家都在等你回來。」

「嗯，謝謝。」白夜靦腆的又說了一次：「……謝謝。」

既然全員都到齊了，那就開動吧——隨著一家之主白隼如此說道，白家開始了家庭聚餐。

看來約定的日子就是指白夜哥哥回歸的日子吧，白火暗忖，心中的疑慮與不安也漸漸消失。

聚餐告一段落後，諾瓦爾負責收拾碗盤與桌面，途中當然怎樣也推脫不掉白火和其他人的幫忙，「我的工作總是被干擾呢。」諾瓦爾苦惱的笑了，貓眼稍稍瞇了起來，還是一樣清透的如琥珀寶石。

「真的很抱歉，父親、母親。」沉默了片刻後，白夜突然站了起來，低頭致歉。

「怎麼了嗎？白夜。」

「……我也不知道，只是覺得……我似乎對你們兩位做了很過分的事。對不起。」

他環視著在場所有人，再次彎腰鞠躬，「還有白火、暮雨、小黑……大家都是。」

白隼和沙利文面面相覷，而後——

「……那，我們也道歉吧。對不起，白夜。」夫妻兩人也坦然率真的說道：「還有白火、暮雨、諾瓦爾，真的很對不起。」

諾瓦爾見到這幕，放下手邊工作，向來禮儀姿態滿分的他也行了個禮，「那麼我也來道歉吧。很抱歉，各位。尤其是小姐，讓您受苦了呢。」

這種氣氛實在不對勁，到底出了什麼事啊？白火繃緊神經，慌張的搖搖頭，也自告奮勇的舉手大喊：「我、我也是！大家，對不起！」

情緒起伏不大的暮雨果斷的做了個總結：「根本是懺悔大會。」

「那就算扯平了吧？」

「嗯，扯平了。」

然後，大家都笑了。

喜悅、悲傷、惋惜、訣別，聯繫著不計其數的情愫，露出最為真摯的笑容。

聚餐完畢後，不知是誰先提起的，總之大家拍了張家族合照。諾瓦爾架好了相機，一邊喃喃著：「我可是為了這瞬間，從很久以前就練習好了喔！」他駕輕就熟的設定好秒數倒數。

這次不只有著諾瓦爾，連白夜也入鏡的——最初，也是最後一張的合影。

「還有時間，下午一起出去走走吧？」沙利文看了看手腕上的錶，時間還早，脫離了工作研究後，她反而不知道這樣的悠閒午後該如何度過。

「你們和白夜一起去吧。」白火搖搖頭，「難得哥哥回來了，和大家多一點時間相處也好，我留在家裡看家。」

沒來由的，白火總覺得心中有股抗力，正在阻止她和白夜並肩而行。

「請不要擅自剝奪我的工作，小姐，看家是我的職責。」接二連三被插手工作的諾瓦爾這下終於鐵了心腸，將早就準備好的外套披到白火身上，把她推出客廳，「好了，整頓好就請離開吧，時間寶貴，光陰是不等人的。」

「小黑，你這句話好像老爺爺一樣……不要推，我自己會走啦！」實在抵擋不過管家的力量，白火死命攀著門扇，對著坐在角落沙發的青年求救：「暮、暮雨呢？你也會一起來的吧？」

「我要讀書，你們自己出去吧。」

「怎麼這樣……」

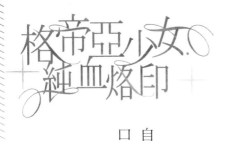

「暮雨的皮膚只要太陽曬太久，很容易就會紅腫曬傷呢。因為很白的緣故。」看見自家孩子和管家的鬥爭，另一個孩子還神態自若的翻著書頁，沙利文有趣的笑了。她的口氣不知該說是羨慕還是同情。

「而且還對貓過敏，之前看到諾瓦爾就會一直打噴嚏。」

「老爺，我不是貓。」

「你們都很囉唆！」

旁觀著這一家子的熱鬧劇場，始終沉默的白夜終於忍俊不禁，「哈哈哈，我都不知道這些事……看來這些年來我錯過了很多精采片段呢。」或許是不常這麼大笑的緣故，眼角還滲出了淚珠，白夜對著白火期待的說道：「一定還有很多故事吧，再多說點給我聽好嗎？」

白火一時間語塞，「可、可以嗎？」

「妳不是還有很多事情想告訴他嗎？快去吧。」這次是暮雨說話了，魔鬼科長的行事作風果斷，可沒像諾瓦爾這麼好說話，抓起白火的手腕就把她丟出大門。

像是流浪貓一樣被扔出去的白火發出一聲慘叫。隨後踏出門的白夜靈巧的拉住她的後衣領，把差點和地面親密接觸的她抓回平衡。

「路上小心。」諾瓦爾、白隼、沙利文，大家都站在門口目送他們離去。

暮雨也罕見的揮揮手，「不要後悔，白火。」他發出細微的低語，微微勾起脣角與他們道別。

白夜牽起白火的手，「走吧。」綻放出最為熟悉的清秀笑容，帶領她離開了屋宅。

午後陽光將兩人的頭髮照耀的晶光點點，白夜的白金色髮絲及眼睫毛彷彿鳥羽般輕盈細柔。一陣乾爽的微風拂過臉面，舒適涼爽，沖淡了白火的忐忑情緒。

白火相當明瞭自己正害怕著什麼。

一有個閃失，她的世界隨時都會崩毀傾圮。

「我們去看海吧，白火。」

被牽起的手傳來讓人心安的暖度，白夜笑著對她說道：「現在回想起來……直到最後，我都沒有和妳一起看過海呢，我們一起去看海吧。」

白火閉上雙眼，深深吐出一口氣，「……嗯，走吧。」回握住白夜的手，向前走。

搭乘電車到稍微有些距離的區域邊境，循著方向走入樹林中，他們沒有休憩，沒有對談，兩人就這樣牽著彼此的手，不斷漫步。

直到白火回過神來時，他們已穿越了森林，視野登時變得遼闊無盡，眼前出現了湛藍的幾乎要和藍天連成一線的壯麗大海。

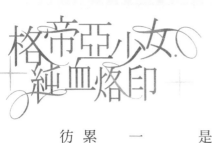

白火和白夜脫去了鞋子，赤腳踩在午後日光下有著微熱的沙灘上。原來踩在沙子上是這種感覺呢，白夜有些害臊的笑了。

這片海洋沒有起點，沙岸沒有人聲，翹首一望也不見盡頭。

腳下的足跡隨著波浪反噬而被沖刷，連一點趾頭的沙印也沒有留下，因此就算白火一時興起想計算自己究竟走了幾里路，回頭一望發現徒勞無功。

兩人就這樣走著走著，腳踝以下泡在海水中，腿部痠痛，即便如此白火還是拖著疲累的雙足，徐徐向前走。她和白夜就這樣在遠方形成一個小點，隨著沙粒與絮絮白浪，彷彿隨時會消失在時間洪流之中。

「你從一開始……就打算這麼做嗎？」白火的聲音劃破沉默，「背負起所有責任，將這些悲劇……全都帶進海底。」

「我不相信命運。如果人誕生在世的那個瞬間就被決定了一生的走向，終生無法轉圜，那未免也太可笑了點。所以不管多麼的失去尊嚴，甚至是喪盡仁義，我也不打算被所謂的命運牽制。」

曾經被憎恨與嫉妒遮蔽雙眼的白夜，唯有這個瞬間，他清透的眼眸子不存在任何雜質與惡念。

「只是到頭來，無論我怎麼垂死掙扎，終究無法回到渴望的光明下。這也是種命運不是嗎？」

所以，既然怎樣也無法改變，那麼我就將思念寄託於妳吧——白夜閉上雙眼。

「只要我所惦掛的人能得到幸福，那麼，哪怕是一點點也好，我也能得到救贖。」

白夜垂下眼簾，他的聲音與柔柔的海潮聲引起共鳴，動聽得令人潸然淚下，「就算生離死別，只要有人還記得我……那麼，我就會和那些人最美好的回憶一起，永遠、永遠永遠活在他們心中。」

「……我不求你原諒我，為了其他人，我終究還是……犧牲了你。」白火躊躇了幾秒，接著說道：「我想……就算有辦法重來一次，我也不會改變我的抉擇。」

「那麼，只要我對妳的憎恨與欣羨尚未消失，我也算是能永遠活在妳心中了吧。」

白夜這麼回答。

「無論幾次，幾百次，我想就算在深海中永遠沉睡，直到靈魂都化為了灰，我仍然會……無法自拔的羨慕著妳。」

因為身高差距的關係，他稍稍彎下身子，這次露出了隨時都會被海風吹散的脆弱笑顏。海風吹拂著他的短髮，輕柔而鬆軟。

不知怎的，雙眼一片溼潤，臉頰也感到一陣燠熱，白火連忙用手背抹過眼睛，眼淚還是不爭氣的掉了下來，滴進了沙中，陷出幾個坑洞。

一滴，一滴，又一滴，像是冰雪結晶那樣，清瑩的讓她眩目。

高興的事、難過的事，多得不計其數、從未見過的新奇事物……她還有好多事情想和這位理應未曾謀面的兄長分享。

「與妳相遇之後，雖然只有僅僅一瞬，我確實感受到了幸福與喜悅，白火。」

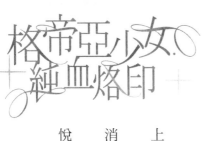

當然，白夜怎麼擦也無法抹去她滾滾的淚水，他搭著她的肩膀，顫意透過指尖傳了上來。

浪潮聲越來越大，漸漸的，白夜的聲音與身影開始變得透明，只要輕輕吹口氣就會消失在眼前。

越來越淡、越來越淡，白夜的身影越來越虛幻縹緲。然而，白火還是能看見他因喜悅而揚起的笑容，隨著周圍的柔光，溫暖的將她擁入懷裡。

「現在的我已經再也不會感到孤單了，謝謝妳。」

他真誠惻怛的聲音隨即被海風捲走。

「我已經沒問題了。」白夜說道，「所以拜託了，再也不要有尋死的念頭。」

這次，白火再也無法抑制衝動，憐惜的握緊白夜逐漸消散並即將隨風而逝的手。

她與白夜層層交疊的手沾著即將乾涸的淚水，和著海風，隨時都會化為烏有。即便如此，白火仍由衷禱告著。

海風越來越大，幾乎奪走她的眼淚與聲音。

白夜綻放出最後一次——溫柔、悲傷、卻又滿溢著慈悲的美麗笑容。

「請連我的分一起活下去吧，我摯愛的家人。」

★※★◎★※★

白火張開被淚水浸滿一片的雙眼。

恢復意識時，第一個喚醒她大腦思緒的是含帶藥味的刺鼻空氣，以及心電圖儀器的機械節拍聲。直到矇矓視野再度聚焦後，她凝視著死白的天花板，一點一滴找回四肢該有的溫度與生息。

待她意識更為清晰時，長期昏睡造成四肢傳來陣陣的刺痛，身體像是石膏般僵硬發疼，臉和頸子似乎纏滿了繃帶，尤其是肩膀的傷口疼得幾乎讓她當場又暈了過去，白火才隱約回想起來肩膀上有槍傷。

她下意識抬起了慣用的左手，才發覺左手似乎被什麼東西壓住了。

暮雨正握著她的左手，趴倒在床邊，發出睡眠的鼾息。

多半是淺眠的緣故，白火僅是稍微抽動了一下手腕，感受到動靜的他立刻猛吸一口氣，迅速抬起身子來望向甦醒的她。

無論是暮雨還是白火，長期昏迷後的睽違，再次見到彼此的兩人都遲遲沒有說話。

倒是暮雨始終沒有鬆開的手，代替了一切回答。

「妳睡了整整一個月。」

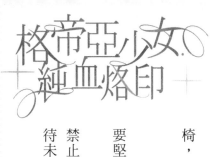

幾天後，確認白火身體狀況無大礙的暮雨獲得批准，帶著白火外出。他一面推著輪椅，徐徐向白火說明在她昏迷的這段時間內世界有何動向。

「我還以為妳再也醒不過來了。」

暮雨的傷勢也尚未痊癒，搭乘電動輪椅的白火原本不打算勞煩他，但對方說什麼也要堅持，她只好欣然接受這份好意。兩人就這樣緩緩的離開醫院，前往某個地方。

「……已經是新的一年啦，我好像錯過了很多事情。」傷勢尚未好轉的白火被下令禁止長期曝曬於日光下，他們只好挑選黃昏時刻出發，「聖誕節、新年……我原本很期待未來世界的節慶的。」對了，還有萬聖節也沒時間慶祝。

「每年都有節慶，不差這次。」

暮雨回應，逐漸變得健談的他讓白火感到相當欣慰。其實無關於暮雨的沉默寡言，只要待在他身旁，白火就能感到一股舒適愜意。

「如果還有機會的話，大家一起慶祝吧。」

「嗯。」

「到時候……希望大家都在。」她停頓了一下，笑著說道：「希望那時候，我也還在管理局裡。」

暮雨凝視著白火腳下的陰影，沒有回話。

被白夜奪走烙印力量的她，體內再也不存在任何力量，成為手無縛雞之力的普通人類，這樣的她想必再也無法待在武裝科了。

話語結束後，兩人之間再次只剩下輪椅滾動的聲音。

按照暮雨的細心解釋，白火相當明白災厄過後的世界仍在進行復興，無關管理局與世界政府的身分，所有公元三千年——應該說是公元三千零一年的居民們都竭盡所能的重建家園。

而包含白隼、沙利文以及諾瓦爾，凡是與人造烙印一事相關的人員，無論是受害者或是加害者，都被送上了審判法庭。

「諾瓦爾究竟跑去哪了呢？」白火對於諾瓦爾某天突然失蹤的消息略知一二，她有些黯然，「連個道別也沒有就離開了……要是總有一天還能見面就好了呢。」雖說埋怨他不告而別，但就算他跑來，也只能和陷入昏迷的自己說聲再見，白火只好自認理虧。

「嗯。」

不過，諾瓦爾失去行蹤前最後接觸的相關人士，也就是安赫爾曾說過「那隻貓沒問題的」，那或許就真的沒問題了吧。

「艾米爾也平安無事。」暮雨接著補充，或許是自己受到的救命之恩，他稀奇的帶點情感說道：「今後，一定沒問題的。」

「……是啊。」

兩人有一搭沒一搭的聊了一段時間。

暮雨推著白火的輪椅終於來到目的地。兩人抵達受到大戰波及、嚴重損傷的第二星都太陽能發電塔——正確而言，是包圍著發電塔一面的人造海洋。

發電塔尚未修復完全，接連遭受強烈衝擊與爆炸的塔樓斑駁破損，內部機能損毀，目前正在極力復興中。

由於發電功能受限的緣故，目前第二星都的電力供應得依靠其他附屬發電塔，甚至出現了能源配給限制的應急措施。

發電塔方圓數百公尺外搭起了封鎖線，身為阻止本次黃昏災厄的相關人士，甚至說是救星之一也不為過的暮雨出示識別證後立刻獲得通行許可，帶領白火來到彎月形的人造海域，也就是白夜墜落的所在處。

歷經一個月，搜查人員持續在復興過程中試圖打撈溫斯頓和白夜的屍體，藉此還給受害者最基本的公道，然而遲遲沒有進一步的發現。並不想阻礙調查的白火沒有前往白夜墜海的事發地點，而是移動到距離海洋稍遠處的某棟建築頂樓，眺望著被夕陽染色的月形海域。

時值黃昏，眼下化為橘紅的月形海岸，有點類似勾玉，白夜就沉睡在這片海域中。兩人並沒有將買來的花束投下海洋，而是靜悄悄的擺在頂樓最靠近海面的一隅。他們不太懂白夜喜歡什麼樣的花，於是選擇了與他氣質最為相近的白百合。

「……我在夢裡遇見了白夜。」

白火遠望著海洋。

傍晚的太陽將閃耀的折射光點灑落在海平面上，對她而言仍有些刺眼，她卻還是目不轉睛的凝視著那片大海。

「妳希望他活著嗎？」

「我不知道，我沒有權力決定他的生死，也沒有辦法代表所有人寬恕他的行為。」

這究竟是誰奢望的結局呢？無數次的，白火詢問著自己。

受害者無法獲得安息，加害者也沉入這片海中，誰也無法獲得救贖。

「只是，如果白夜能看見這樣的天空的話……如果他能看到誕生於世上、遇到逆境時仍努力活下去的人們的話，我希望他能認同這世界的美麗與可貴。」

身後的暮雨稍稍吐出嘆息，「妳還想再見到他嗎？」

「……已經，沒關係了。」

白火沉默了良久，不打算忽視自己的真心，她如此回答。

「我已經答應過白夜，會永遠記得他所背負的罪惡與憎恨，連他的分一起活下去。所以，沒關係的。」

「可不要再尋死了。」暮雨冷哼一聲，看來回想起當初白火的那個抉擇，好不容易壓下的怒氣又攀升了上來。

「……對不起。」

「上次是僥倖，我可不保證能救妳第二次。」

夕暮一點一滴滲透雲層，宛若畫布的潑漆般映照在兩人身上。

——再見了，白夜。

她在心中與深海的他訣別。

光線逐漸減弱，太陽就快完全落入地平線。擔心白火的身體狀況惡化，暮雨早在外出時就已經提出要求，必須在黑夜降臨前回到醫院才行。

「我的記憶似乎還沒完全恢復，還有一件事怎麼樣也想不起來。」

在回醫院的路途中，白火乘坐在副駕駛座，像是想起什麼似的看了正在開車的暮雨

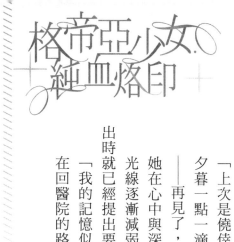

一眼。

現在，釐清自己身世的她只剩下最後一個疑問了。

「暮雨，當初分別時，你究竟想對我說什麼呢？」

似乎有什麼話語淤塞在暮雨胸口，一絲遲疑閃過他的祖母綠眼瞳。暮雨熟練的轉動方向盤，車輛沿著海岸線稍稍左彎。

「……不是什麼重要的事情。」暮雨沒有多大反應，「想不起來也沒關係，畢竟我也忘了。」

「要是總有一天能想起來就好了呢。」

「嗯。」

——無論是怎樣稀鬆平常、微不足道的小事，只要與你有關聯，我都想不想遺忘。

白火在心裡如此想著。

在暮雨讓人安心的駕駛中，夕陽逐漸西下，敵不過睡魔的她緩緩闔上雙眼。

07. 時空管理局的贈禮

在那之後又過了兩個月左右。

各大星都的復興漸入佳境，長期的救援行動得以暫緩，各方的救援人員總算可以歇息。管理局的運作逐漸恢復正常。

因搜救活動而分散至各處的局員們回歸到第二分局，面對許久不見的同事與夥伴，大家紛紛露出了欣慰的笑容。

白火的狀況好轉，肩膀內部也拆了鋼釘，大致痊癒；雖然黃昏災厄時受的外傷怵目驚心，萬幸的是沒有影響到身體機能。她甩了甩四肢，轉了轉腰部，行動力沒有大礙。康復的她和其他局員們一起投入各大人造都市的復興運動，失去烙印力量的緣故，她和一般行政人員一起進行後勤工作。

為防止類似的人為災難再起，世界政府與管理局各大分局展開會議，擬訂制定更為完整、足以對應各項狀況的時空裂縫與迷子的相關條例。現今存在於各大星都自治區的迷子們，將獲得更進一步的安全保障。

另一方面，黃昏災厄關聯者的審判依舊進行中。

有悲有喜，雖然緩慢，他們的生活確實一點一滴的步回正軌。

「然後，我有打算把制服還回去……雖然沒有調職命令，但是我已經當不成武裝科的人了。」白火對著房間內的相片喃喃自語，尷尬的笑了幾聲。

那是諾瓦爾片刻不離身的相片墜子裡的全家合照，當然不是從諾瓦爾那裡拿來的，而是安赫爾轉交給她的。局長似乎早就猜到諾瓦爾或遲或早都會搞失蹤，趕在他消失之前去複製了幾張合照。

這張照片和夢境裡不同，並沒有白夜，而是年幼的他們及父母的合照。白火看著照片中的白隼和沙利文，接著說道：「我想，就算成為了普通人，我應該也能在這個世界繼續活下去吧。」

這段時間以來，向家人們報告日常生活瑣事已經成為白火生活的一環。她所對話的對象不只是白隼和沙利文，當然也包括活在臺灣的養父母們，只是養父母們沒有照片，她只能一起對著諾瓦爾的合照說話。

還有白夜、諾瓦爾、艾米爾，許許多多。

就算再也無法相見，她也想對這些摯愛的人們說些什麼。

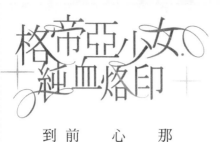

「今後如果開放探望的話……我想去看看你們。當然，艾米爾也是。」只是不知道那是幾年後的事了，或許一輩子也不可能實現。

白夜究竟是抱持著什麼樣的心情奪走她的烙印的呢？是祝福？還是帶點些許的報復心態？

白火甚至在想，身為人造烙印重要關聯人士白隼的女兒，無論是她自己，或者是目前生活在世界某處的年幼白火，一旦身世暴露，都有可能遭受世人的非難。她並不會感到害怕，然而一想到另一個年幼的自己尚未成年就得遭受這種莫須有的責罰，心裡不免難受了起來。

從今以後的她或許得修改姓名，甚至隱瞞身分的活在這世上也不一定。背負著犧牲掉白夜、以及無數棄子們的罪名與愧疚。

但是，就算如此，她仍由衷感謝能來到這個未來世界。

「白火妹妹，在嗎——？」

門外傳來了叩門聲，是安赫爾的聲音。

「局長？」

這段時間，投入復興活動與政府會議事宜的安赫爾忙得不可開交，待在管理局的次數屈指可數，這樣的大忙人竟然會來造訪她房間，還真是稀奇。

白火連忙開門，發現不只是安赫爾，連暮雨也來了。布瑟斯兄弟的組合更是奇妙。

「妳在和誰說話啊？」

「就……交代一些事項，日常慣例。怎麼了嗎？」

「有些事情想找妳談談，現在方便嗎？」

安赫爾笑得這麼燦爛，絕對有鬼，該不會是停職令終於下來了吧？一無是處的她終於要被踢離管理局了嗎？這個世界好現實！

局長態度強硬得可怕，加上今天是休假，無處可逃的白火只好欲哭無淚的點點頭。

「走吧。」暮雨率先走了出去，帶領他們前往適合談話的密閉空間。

既然是不能在她房間裡談的內容，又會是什麼呢？

安赫爾預約了位於管理局樓層盡頭的某間小型會議室，將筆記型電腦的內容投影到牆上，暮雨則是倚靠在牆上等待自家兄長準備就緒。

小會議室容納人數少的緣故，平日多半無人使用，走進會議室裡時，白火還若有似無的感覺到桌面上一層薄薄的塵埃。

過不了多久，白火從未見過，卻似曾相識的大量數據和圖樣顯示在投影牆上。

「時空裂縫的關聯數據，妳在鑑識科有看過吧？」

「嗯。」白火端詳了投影牆一陣子，是時常在鑑識科和工作簡報上看見的數據。

「白火妹妹，妳還記得當初被抓來公元三千年時，我說過的話嗎？」安赫爾開始解釋：「妳是被小忠喵開啟的人造黑洞抓過來的，違反自然裂縫的歸一理論。要找出符合當初小忠喵把妳抓過來的時間點、同時還是回歸原本時空的自然時空裂縫，簡直比連續中三次彩券頭獎還難。」

「是、是有這麼一回事沒錯。」聽起來複雜，總之就是要找回她原本時空的裂縫，幾乎接近不可能，「怎麼了嗎？」

「恭喜妳啦，連續中三期的頭獎得主。」

「嘎？」

一時之間以為自己聽錯，白火發出鴨子般的呆傻叫聲。

「或許是妳上輩子修來的福氣，或是乾脆連下輩子的福氣也一起預支了，總之！連結 2012C. E. 臺灣的時空裂縫出現啦！時間是兩星期後，這下終於可以回家了呢，二十一世紀的難民小妹。」

白火嚇到說不出話來，「等、等一下！什麼意思？！」

「妳可以回去的意思。」暮雨再次讓她明白這不是夢話，「用不著使用青金石的力量，妳也能夠回到原本的時空，白火。」

「可、可是我——」

「咦，妳不高興嗎？可以回家耶？」安赫爾煞有介事的「哇塞」了一聲，「妳不是總是嫌棄未來世界亂七八糟沒有希望，還有個藉機欺負辛勞命苦的妳的局長嗎？前陣子還憂鬱到抓著妳阿兄跳海，結果沒死成，妳不是罹患思鄉病末期了嗎？！」

「不是這個問題！事到如今怎麼能說回去就回去，我可是——」白火一時語塞，回答不出個所以然來。

可是什麼？她這麼堅持留在這裡的理由是什麼？

失去烙印力量，間接造成時空悖論，如今的她已成為進退兩難的存在。

但是，就算成功扭轉了黃昏災厄的正史，直到現在，她也從來沒有想過要利用脖子上的青金石開啟時空裂縫回到臺灣，一次也沒有。

「回去吧。」

「……暮雨？」

「乖乖回去，那裡才是妳的歸屬。」暮雨沉默了數秒，正視她說道：「妳已經……再也沒有留在這裡的理由了。」

「為什麼、要說這種話……」

她一直明白暮雨的冷酷態度，然而這是第一次，暮雨異常淡然的話語深深刺傷了她的心。

「你就……不希望我留下來嗎……」

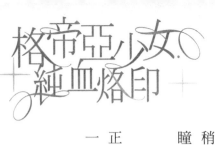

「白火，妳的夢想是什麼？還沒來到公元三千年之前，妳最渴望的是什麼？」暮雨稍稍彎下腰，輕輕搭住她的肩膀，彷彿要喚醒她的遙遠記憶般，堅定的注視著她的黑色瞳孔。

——沒有影子的孩子，回歸初衷，妳的希求之物究竟為何？

「……當個平平凡凡的普通人。」白火停頓片刻，將激昂的情緒嚥下喉嚨，「可以正大光明的走在陽光下，不用躲躲藏藏的過日子，去上學，交朋友……我想要和普通人一樣活下去。」

「嗯。」

暮雨安撫似的摸摸她的頭，估計是成功喚起了白火沉積於心中許久的心願，總是依附在他面容上的那層冰霜化了開來──不，或許暮雨從以前就這麼溫柔也不一定。

「在恢復記憶之前，每當看見夕陽時，我就會覺得……黃昏很像是某個人手中的白色火焰，只是那個人是誰，我怎樣也想不起來。」

暮雨垂下眼簾，當訴說起回憶時，他的神情無比柔和。

「現在，那道白色的火焰已經出現在我面前，所以，我已經沒問題了。」他徐徐說道：「是妳找回我失去的記憶，所以這次輪到我了，讓我為妳做點什麼。」

白火只感到一陣鼻酸，這些話語，懷念的就像是夢境一樣。

「妳不再是沒有影子的孩子了，回到原本的歸屬，去實現妳的夢想吧，白火。」

語畢，暮雨也像是被即將到來的訣別渲染了哀傷似的，扭過臉不再說話。身旁的安赫爾靜靜的旁觀這一幕，而後聳肩兩手一攤。

「局長我和這個暴君弟弟不一樣，雖說這是千載難逢的好機會，但是或去或留，最終決定權都在妳身上。唯有一點，請妳一定要銘記在心。」

安赫爾笑露出一口白牙，和剛才的暮雨一樣，摸摸白火的頭說道：「無論回歸，或是駐留，我們都希望妳能過得幸福。」

★※★◎★※★

2012C.E. 臺灣的時空裂縫，出現時機為兩星期後。

在這段時間內，白火都有權力決定自己是否要回歸原本的時空，還是要以迷子的身分繼續生存於未來世界。猶豫期間僅有兩週，甚至更短，與白火熟識的局員們也紛紛得知了消息，好不容易重拾和平日常的管理局又添了一股悲喜參雜的情緒。

輾轉思忖了數天後，白火決定回到原本的時空——也就是她所生長的 2012C.E. 的臺灣。

她無法丟下養父母不管，再者，身分處境都過於特殊的她就算待在未來世界，也只會給周遭添麻煩而已。她的回歸，對所有人都好。

「總而言之，我們來拍照吧！」得知她的決定後，荻深樹第一句話就是這個。

安赫爾滿意的附和：「真是個好點子。」

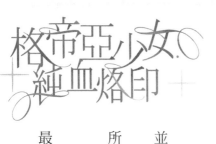

於是第二分局的颱風二人組不知動用了什麼手段，短時間內將所有人聚集在一起，並把白火抓到鏡頭中間，拍了個充滿騷動又帶點欣喜的大合照。

之後似乎還辦了類似是送別會的小宴會，白火記不太清楚了，她強迫自己開始淡忘所有事情。

身為管理局一員，迷子回歸原本時空必須遵守的嚴格規章，她再清楚不過。

為迴避將來時空悖論產生的疑慮，迷子必須嚴守保密未來世界的知識與相關情報，最好的方法就是消除記憶。自管理局回歸的時空迷子，至今以來無人能保有著未來世界的記憶。

她一直都明曉，打從她決定回到臺灣的那刻起，她就必須將心中的種種珍貴回憶作為代價償還。

迷子回歸時空所付出的等價交易，在回歸後，她將無法憶起任何有關公元三千年的事，包括沉睡於深海中的白夜。

她明明已經答應要永遠記得白夜了。

因此，白火並沒有刻意打算向眾人道別，也沒有贈送出紀念禮等等，如果說回歸後她會遺忘所有人，那麼她希望眾人也別太過將她惦掛在心，否則那樣太不公平了，對彼此而言都過於沉重。

★※★◎★※★

時間飛逝，來到了 2012C. E. 臺灣時空裂縫預計出現的當日。

包含啟程、手續、記憶清除手術等準備時間，白火起了個大早。

環視著收拾好的房間，白火最後跪坐在家庭合照的相框前，輕喃著：「再見了。」

——再見了，爸爸、媽媽、諾瓦爾、白夜、艾米爾。

——我知道這樣很任性，但是……無論面對怎樣的未來，也請過得幸福。

即將回歸的她不被允許帶走任何物品，白火只能換上當初被吸入黑洞時所穿著的便服——她一直都妥善的收藏在衣櫃裡——然後前往百里醫生所在的醫務室。

按照醫療科的說明與指示，百里醫生會用異邦人特有的咒術消除她有關未來世界所有的記憶，並且還需要服用同樣用來消除記憶的特殊藥劑，以避免迷子將未來世界相關的知識與情報帶回原本時空。

「我的維納斯！這裡這裡！」

獨自前往醫療科的途中，走廊一端突然有位修長的青年朝他揮揮手，加快腳步靠了過來。

「該隱！你怎麼會在這裡？」

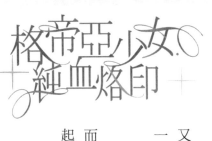

「說什麼，當然是來送行的啊，我可是一大早趕回來的呢。」時常出差的該隱多半又是搭了什麼紅眼航班，「大家決定分開來向妳道別，這樣才不會感傷。要是全部聚在一起，淚腺發達的某些人可能會當場哭出來吧，哈哈。」

「送行……」

白火有想到管理局的夥伴們會前來與她訣別，但她以為就只是像上次那樣合照了事而已。就算慎重道別，她依然會遺忘所有的人，這種終將喪失記憶的處境讓白火膽小了起來。

但是管理局的眾人，那些即將被她遺忘的人們，卻不以為意的出現在她眼前。

「路上小心，我的維納斯。」該隱眨了眨右眼。

「……嗯。不要再傷女孩子的心囉。」

「哈哈，到了最後，還是說這種話——」

「走開啦！你這一無是處的輕浮鬼！」

一陣尖銳高音的少女聲音打斷該隱的笑聲，白火順著聲音來源一看，是櫻草從遠方走了過來。

「喂，這次妳是真的要回去了對吧？不會再亂穿梭到別的鬼時空了吧？」櫻草粗魯的推開該隱這個人形障礙物，雙手扠腰，頗有指責意圖的抬頭瞪著高她不少的白火。這副人小鬼大的模樣現在看來反而有點可愛。

「嗯，這次會乖乖回去，不用擔心。」白火點點頭，「百里醫生的封口和暗示已經解除了嗎？」

「問什麼廢話，我現在可是她的得意門生，被封口了是要怎麼工作？」

「說得也是。」這段時間她也聽說百里醫生破天荒的多了個弟子的事情，白火笑著摸摸她的頭，「要乖乖聽百里醫生的話喔。」

「別把我當小孩子應付啦！」櫻草毫不客氣的甩掉她的手，「那個，我說妳啊。」

「嗯？」

「……謝謝妳。」她有些彆扭的努努嘴巴，掙扎了幾秒後，她深深吸口氣，「多虧有妳，我才得以在這個世界繼續活下去……不管世間之後如何看待白家的所作所為，妳都是我的英雄。」

「櫻草……」

「快點過去吧，再拖下去就要遲到了！」

該隱和櫻草，這對相當奇妙的組合輕輕推了白火的背後一把，目送她離去。

白火在心中反覆道謝。

穿越了管理局的一條條長廊，接下來，她看見了芙蕾。

「慢死了。」芙蕾雙手環胸，倚靠在走廊的牆上，高跟鞋不耐的敲打地面。看見白火出現後，她瞇起眼鏡下的美麗雙眼，「要是妳再遲一點，我就打算直接走人了呢。」

「對、對不起。」這人不是金盆洗手了嗎？果然混混的氣質是會根深柢固的嗎？擔心性命安危的白火退後了幾步。

「……騙妳的啦，嘿嘿。」上一秒繃緊臉孔的芙蕾立即笑了出來。

什麼嘛，撿回一命的白火鬆口氣，「謝謝妳來送行。」

「最後一次了，總該做個了結，這點和妳即將洗淨記憶什麼的無關，是我想要這麼做的。」芙蕾點了點頭，接著說道：「老實說，我一開始真的超討厭妳的，莫名其妙被抓來這裡就算了，又是個什麼都不懂的純種迷子，還扯出了一堆鬼事情來，讓我加班加到死。」

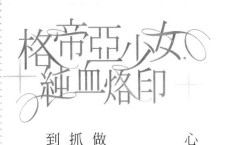

「也、也用不著這麼說吧！」她是感覺得出來芙蕾當初只認為她是拖油瓶，但有這麼嚴重嗎？

「但是現在，我相當慶幸妳來到這個世界。謝謝妳。」

「……我也很高興能認識妳，芙蕾。」

「那麼——」芙蕾若有所思的用眼角掃了走廊轉角一眼，「吵人的娃娃臉過來了，我就先走啦，祝妳一路順風。」她豪邁的揮揮衣袖，不帶遺憾的離開了。

不愧是負責歸還時空迷子的鑑識科成員，多半是職業慣性，怎樣的離別也不帶一絲眷戀。

「白火——！」

芙蕾才剛離去沒多久，遠方的走廊轉角就衝出了一個人影。路卡壓低身子，以絕對違反管理局規矩的高速衝刺了過來，動作還是相當可笑的手刀奔跑姿勢。

白火看著一臉拚命、氣喘吁吁的橘髮青年，沒轍的笑了起來。

路卡想說的話超越千言萬語，他一時間也無法挑出個重點，只能支支吾吾的舌頭打結：「那個、我……就是——」

「路卡，謝謝你總是教導我許多事情，陪伴在我身旁。你是最可靠的前輩了。」白火說了聲「失禮了」，然後伸手順平他因為衝刺而亂翹的頭髮，「沒有你，我還真不曉得該怎麼在武裝科生存呢。」

「這是我的臺詞！正因為有妳這個同伴，我才可以、我才可以……」

「我回去之後你也要好好加油喔。要和局長、科長、荻通訊官他們好好相處，不可以再這麼膽小了。」

「嗚、嗚……！為什麼要在這種時候說這種話！」

看來該隱所說的淚腺發達的人就是指路卡。

路卡終於淚水潰堤，抱住白火揚聲大哭：「我果然還是不想和妳說再見啊！妳不要回去……對、對了！我不是約好要教妳開車嗎？憑妳那駕駛技術，就算回去臺灣也絕對只會給人造成困擾！等妳學好開車之前都不准回去，我會教妳！所以——」

「路卡……」

「所以不要走，要是妳回去了我會孤單而死，科長一定也不希望妳回去啊！」

「——不可以任性，路卡。」

溫柔而憨厚的聲音傳了過來，是朔月。

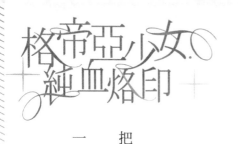

「我也，過來了。」朔月也來送行了，和那抹仁慈老實的外貌不同，毫不留情的就把抱住白火的路卡抓了開來，又說了一次：「不可以，任性。」

路卡用手臂粗魯的抹去眼淚，「我、我知道啦。」他吸了吸鼻子，淚水在臉上糊成一片，索性低下頭不說話了。

然後朔月走到白火面前，乖巧的垂下身體。

白火立刻就知曉是什麼意思，她摸了摸他頭上的龍角，動作輕柔的就像是擔心會傷害到對方一樣。

「治療的很好呢，完全看不出來有什麼差別。這對角和之前一樣帥氣喔，朔月。」

「嘿嘿。」朔月靦腆的笑了，「同樣身為迷子，我也開始，想家了呢。」

對了，這麼說來朔月也是迷子，「如果朔月有辦法回去的話，你會怎麼決定呢？」

「我也不知道，就交給到時候的我，去想吧。」

如果今後——對龍族而言，或許是幾百年、幾千年以後，那時候朔月回歸自己的異邦世界的話，他也會被消除所有記憶。到時候，朔月和她就真的成為名副其實的「陌生人」了。

「白火，回家時，一路順風。」朔月突然張開了兩隻手臂，敞開懷抱，對著白火說道：「來吧。」

「嗯？」

他擁抱住白火，「一路走來，妳很努力了，乖孩子，乖孩子。」他憐愛的摸了摸白火的頭，身高差距相當大的緣故，有點像是抱著寵物的大男孩。

回擁了朔月寬大結實的身軀，難以忽視的酸楚終於湧上白火的眼眶。

「這是，艾米爾的分。」朔月順了順她的背，然後不帶躊躇的鬆開手，「好了，笑著，回家吧。」

白火頷首，手掌慌亂的朝眼睛一抹，「謝謝你們！」快步奔向了走廊的另一端。

「白火，要過得幸福喔！約好了喔——！」

身後傳來路卡含帶哭腔的呼喊，她不敢往後看，但是她幾乎可以在腦中描繪出兩人目送著她離去，直到化為一個黑點消失為止。

一個，又一個。她心中的熟悉面容正化為褪色的陳舊相片，一一消失在她心底。

她跑上了樓梯，好轉移自己的注意力，眼淚隨著她踩上階梯時，不爭氣的滑了幾滴下來。

白火繼續奔跑。

她必須趁著自己的決心逐漸退潮之前繼續奔馳才行。

「嘿嘿嘿——白、火、同、學！」

樓梯口突然探出了一束粉紅色馬尾，荻深樹俏皮的跳到她眼前，歪歪總是綁著側邊馬尾的頭。

完全沒料想到對方會埋伏在這裡，白火嚇得眼淚都縮了回去，「妳、妳又想要什麼把戲了？」

「人家今天什麼都不會做啦！妳到底把我想成多麼罪大惡極的人啊？荻通訊官好傷心，傷心欲絕！」荻深樹笑嘻嘻湊近她的臉，「白火小夥伴，這趟旅程玩得開心嗎？」

「荻、荻通訊官？」

「雖然途中被拐進了武裝科這條不歸路，面臨世界毀滅的危機，最後又從幾百層樓高的塔來個沒綁繩子的自由落體——啊，而且肩膀還被打穿了，等等記憶還要被洗得一乾二淨……但是如何？妳過得開心嗎？值得嗎？」

「說得好像我的人生沒希望一樣……我很高興能夠認識大家，包括妳，荻通訊官，謝謝妳讓我加入了武裝科。」

「欸嘿嘿嘿！討厭，我就知道妳會這麼說！直到最後一刻都這麼可喜可賀啊——」

荻深樹的說話速度總是很快，並且喜歡活在自己的世界裡，這是管理局眾所周知的事情。

但是，這次她的情緒之激昂，語速實在飛快的離譜，就像是強忍著某種情感似的，她拍著白火的肩膀，顯露出最開朗、最適合她的招牌笑容：「去吧！就算失戀了，也要笑著度過明天喔！」

荻深樹才剛把她推出去樓梯口不久，行走在連結宿舍與醫療科特殊通道的白火就感覺一道殺氣騰騰的黑影從天邊飛了過來。

「超級無敵雪莉飛踢啊——！」

「什、什麼？！」

儘管好一陣子沒有執行外出任務，長期累積下來的反射神經也不是蓋的，白火腦袋還沒會意過來，身體就靈巧的閃過這記往她後腦杓踹的飛踢。

踢空的雪莉不亂陣腳，相當優雅的著地，「嘖，妳這女人就算沒了烙印力量，反應還是挺快的。」

「不要都到了最後還謀殺我啦！感動的氣氛全被妳給毀了！」

「哼，這點餞別禮對妳這小賊貓來說算剛好而已。」雪莉直到最後還是穿著武裝科的全黑制服，金色雙馬尾隨著陽光閃閃發亮，「不過啦，看在老娘今日心情特好，就放妳一條狗命，乖乖滾回山頂洞人的落後世界吧！」

「二十一世紀的臺灣有豐富的歷史文明！」

「只要妳這混蛋女人回去之後，暮雨先生就能名副其實的成為雪莉的人啦！嘻嘻，嘿嘿，哈哈❤」

看著逕自陷入瘋狂的少女新世界的她，白火像是下定決心似的，走到她面前行禮拜託：「嗯，科長就麻煩妳了。」

「……喂、妳腦子沒燒壞吧？」

「當然沒有，正常得很。」白火彷彿在和心中的某種情感拔河似的，花了很久時間才答覆：「所以……我才更要拜託妳。」

「……」

「我說妳啊，難道就不會不甘心什麼的嗎？！」

雪莉的咆哮聲化為回音，在通道裡迴盪，敲擊著白火的鼓膜。

沉默了好一段時間，白火側過臉低語：「……我……沒有關係的。」

「哼、哼！隨便妳啦！活該，被甩了活該！正合我意！哭死算了！哼，哼！」雪莉做了個超大鬼臉，「暮雨先生從此就是人家的了，妳就清空腦袋滾回家裡過活吧！舊腦袋的蠢貨難民——！」

「都到最後了，妳就留點口德啊，雪莉小妹子。」安赫爾有些困擾的從通道出口走了過來，伸出白袍裡的手，「哈囉。」

「哼，隨便你們啦！」雪莉鼻子哼一聲，穿著烙印長靴的她直接從窗口跳了出去。

白火看著眼前皮膚白皙的修長青年，隨意束在腦後的銀白色中長髮，鬼魅一般的寶藍色雙眼，還有那標誌性的醫療長袍，安赫爾整個人看起來像是褪去了所有色澤，隨時都會消失在日光裡一樣。

「接下來是局長啊。大家的送別，總是讓我措手不及呢。」

「因為怕妳哭出來，反而不想回家了嘛。對了，好險偽裝情侶作戰沒真的定案，不然我就得告訴老家的人我的女朋友出事故死了耶，哈哈哈。」

「……我說，要是哪天你真的良心發現，就快點找個地方安定下來吧。」別再傷害世上的良家婦女了。

「嘿嘿，這就交給未來的我解決吧。」安赫爾巧妙的迴避譴責，對她伸出手，「來吧，白火，友誼的證明。」

白火握住他的手。安赫爾這次難得沒有戴上醫療用的橡膠手套，掌心傳來的溫度格外溫暖。

「由衷感謝妳拯救了這個世界。」安赫爾慎重的捧住她的手心，禱告似的閉上眼低語：「由衷感謝……妳與我們的相遇。」

「……也由衷感謝您的指導與付出。」

「願妳的未來，能洋溢著幸福與歡笑。」

「願公元三千零一年的人們，能保持著快樂與喜悅。」

安赫爾和白火同時鬆開了手，宛如約定般，對著彼此露齒一笑。

白火深深一鞠躬，與他擦身而過，跑向了醫療科。

「……安赫爾！」

剛進入醫療科的塔樓時，她像是想到什麼似的回頭一喊。

「怎麼了？」

「我一直覺得……你的眼睛，很漂亮。」她認真的直視著對方，打從心底的，露出美得不可方物的笑容，「是我見過最漂亮的格帝亞烙印，我很喜歡！」

語畢，白火終於頭也不回的消失在安赫爾眼中。

「……事到如今別說這種話啊，我會很捨不得的。」安赫爾輕輕吁口氣，遙望著早已遠去的身影，「去吧，我所敬愛的……小小迷子。」

醫療科用來消除迷子記憶的特殊病房位於深處，白火放慢腳步，朝著狹長走廊緩緩前進。

雙腳沉重的彷彿身陷泥淖般寸步難行，她一邊擦拭湧出的淚水，但怎麼也無法消除視界的霧氣，只能一邊走一邊發出無助的嗚咽聲。

有好幾次，她痛苦的想乾脆停下腳步不動了，卻還是拖著疲憊的身體，一點一滴向前進。

最後，淚眼婆娑的她終於見到了最想見的人。

那位有著靛藍色短髮、祖母綠寶石的瞳孔，總是佇立在夕陽山丘上等待著某人的青年，悄悄的走近她身邊。

「走吧。」

暮雨牽起她的手，沒有叫她別哭了，只是靜靜的陪伴啜泣的她。

「暮雨……我不想忘記。」

「嗯。」

「無論是管理局、白夜、諾瓦爾、黃昏災厄、ＡＥＦ的所有事，我都不想忘記。」

「嗯。」

「……我不想，忘記你啊……」

——為什麼我必須回去呢？

明明是自己做出的抉擇，白火開始毫無邏輯性的追問自己。

——當初來到這個世界，我比任何人都想回家，但是……

「就算妳失去所有記憶，我也會替妳永遠記得。」暮雨將手貼上她的臉頰，用拇指輕柔的拭去她眼角的淚滴，「就像是妳替白夜那樣，我也會背負著與妳的種種回憶，繼續活下去。」

白火的雙眼像是活泉般，淚水源源不絕，他還是不厭其煩的替她抹去了眼淚。

「只要妳還留在我的心中，那麼，我也不會再感到寂寞了。」

暮雨努力控制住情緒，面容閃過一瞬間的遲疑。

「只是，白火，我果然……」他欲言又止。

「暮雨？」

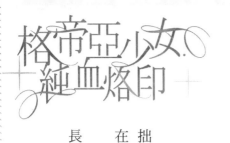

「……沒什麼。我們來約定吧？」他伸出小指，或許是第一次這麼做，顯得有些笨拙，「我記得諾瓦爾以前總是這樣和妳做約定，所以……只要這麼做的話，就像是他也在這裡一樣。這樣，就不會孤單了。」暮雨說道。

淚水再次潰堤，白火強忍住不斷湧出的豆大淚滴，用自己的小指，勾住了暮雨那修長而帶點冰冷的指節。

「請答應我，無論妳步向怎樣的未來，都一定要平安幸福。」

「……我答應你。」

「只要妳能展露出笑容，我就再無怨言。」

暮雨鬆開了她的手。

「好了，去吧，不要回頭。」

他輕輕朝她背後一推，當指尖脫離白火肩膀的那一秒，白火終於脫離了至今為止施加於身上的所有桎梏。

——不要回頭，千萬不可以回頭。

目的地近在咫尺，卻遙遠的像是在世界的盡頭。

白火不記得自己是怎麼抵達病房的，當她回過神時，自己已經躺在有別於一般病患用的特殊病床上，紅腫的雙眼痠澀。

百里醫生就坐在病床旁的看診椅上。

「和大家道別完了嗎？」百里醫生瞅了眼床上的她。

「是的。」

「沒有掛念了？」

「……是的。」

「那麼，開始吧。」

這位異邦的魔女並不多話，閉上眼，當她重新張開眼睛時，瞳孔裡出現了有別於格帝亞烙印的奇妙紋路，紫紅色的晶瑩眼珠閃爍著不屬於這個世界的輝彩。

魔女的瞳眸彷彿黑洞。

四目交接僅僅一秒，白火的所有心神都被吸引了過去。

「咱不太懂得情感這類瑣事，對妳這孩子也不甚有印象，咱被關在這裡太久了，情愫都隨之麻木了也不一定。」

她意識逐漸矇矓，耳邊傳來百里醫生的低喃。

「然而，白火姑娘，妳的到來確實帶給了咱們希望，唯有此話不帶虛假。」

她感覺到百里醫生冰冷細瘦的指尖覆蓋在自己的雙眼上。

身體宛如陷入搖籃般、又似沉下海底。

「一路走來辛苦了，安心的沉睡吧。」

睡吧，無法思考的白火遵從這項指令。

「迷途的孩子啊，願妳的未來，光明永在。」

至今為止所獲得的擁抱、溫暖、憐惜以及愛戀，連帶著珍貴的回憶一起，猶如燒盡的蠟炬般，再也不復輪廓蹤跡。

白火在陷入熟睡前，不知怎的，依稀感覺到眼淚自眼角滑了出來，隨後失去了全部意識。

★※★◎★※★

安赫爾一手扠著腰，一手拄著下顎，抬起頭來打量足足有三公尺以上的巨大儀器。

位於管理局深處的某間倉庫，囤積著汰換用及無暇處置的老舊機械及廢棄裝置。因此黃昏災厄後，他趁亂將白隼博士的研究發明也偷偷運了過來，反正留著也是銷毀，屯在倉庫裡也不會有人發現。

「連續中三期彩券頭獎，天底下哪有這種好事。」安赫爾一面閱讀說明指令，跳上操作臺開始操作，一邊碎唸：「要是真有這種得主，我倒想看看長什麼樣子。」

不只是他，與白火道別的局員們都在場，各個面面相覷，有些無奈的笑出聲音來。原本寬敞到無邊際程度的倉庫，這下多了巨大儀器和人群，霎時變得狹窄。

暮雨抱起陷入熟睡的白火，將她放置到儀器的中央。

至於是怎樣的儀器，大家都心知肚明——是白隼博士製造的時空傳送裝置。

「真的沒問題嗎？」路卡有些狐疑的問道。雖然這裝置之前確實讓白火回到過去尋找梅菲斯，但畢竟還是試作品，又是違反時空理論的人造物，要是有個閃失，難保白火的性命安全。

「安啦，從白隼夫婦那裡得到的情報和操作指示，沒有問題的。」安赫爾拍胸脯保證，「也確認過熔爐裡的燃料了，確實只夠供應一次時空傳送，這次傳送結束後就可以名正言順的把機器廢啦。」不然他是為什麼要冒著各種危險，去和受到監禁的白隼夫婦進行接觸啊？

既然有這麼方便的東西，不好好利用就太可惜了。

「那麼，開始吧。」

安赫爾環視現場的所有人，眾人相約似的點點頭。

大家都明白，這種干涉時空的爭議行為，只能成為一輩子的秘密。

「請好好收下吧，我們的祝福。」安赫爾代表所有人，對沉睡的白火敬了個禮。

這是來自時空管理局的最後一項贈禮。

——迷途的孩子，請褪去所有徬徨，回到過去，重新展開生活吧。

隨著時空傳送裝置啟動，儀器周圍再次出現熟悉的青冷光芒及電流，包裹住白火身體的球狀座臺飄浮而起。

周圍傳出牽動髮絲的風壓。

「白火，妳已經不再是沒有影子的孩子了。」

正式開始傳送之前，暮雨跳上裝置旁，像是害怕會遺忘這位迷子的面容般，深深將她的身影烙印在眼底。

「我果然……還是不希望妳背負著罪惡與自責活下去，所以……」

這是暮雨流露出第一次，也是最後一次的自私。

「我知道這可能是最後一次了，但還是……再見。」

他打從心底渴求白火能遺忘所有未來世界的苦痛，於原本的歸屬處蛻變、重生。但是，如果可以的話，一點點就夠了，就算只是埋藏於心靈深處的一隅也好——

「請不要……忘了我。」

尾聲．回歸

白火睜開雙眼時，有股暖意自她的掌心傳遞而上。

她霧濛的視線順著手心看了過去，一對年紀約莫四十多歲的男女緊緊握著她的手，這就是熱度的來源。

腦海裡彷彿所有雜質都被濾淨似的，隨著她失焦的視野找回焦點，她漸漸想起這對男女究竟是誰。思緒再次開始運轉時，稍早像是被藤蔓糾結纏繞的身體也恢復了自由。

白火下意識坐起身，由來不可考的閃過一絲想法：我好像很常像這樣醒過來。

這裡是醫院嗎？她還來不及梭巡四周就能肯定，重新環顧一下周圍後，這裡真的是醫院。

握住她手心的那對男女——現在她終於想起那兩張熟悉臉龐了——她的養父母將她擁入懷裡。

「妳整整睡了一個月，我們還以為妳醒不過來了。」

這句話似乎也在哪聽過，白火下意識這麼想。

確認身體狀況無大礙後，他們辦理了出院手續。開車駛回家中的同時，鄭昱，也就是白火的養父，侃侃向白火說明將這段時間所發生的事情。

一個月前，她替母親出門跑腿，然後失去行蹤。是誘拐綁票，或是遭受攻擊，警察也查不出原因。

她失蹤了約莫半天左右，就被人發現暈倒在醫院附近的道路上，失去所有意識，被路過的民眾和醫護人員送進醫院裡。熱心的路人當場報警，循著報案的關聯性，接獲通知的鄭昱和何君綺立刻前往醫院。

診斷調查顯示白火身上無內外傷、也沒有用藥痕跡，加上警方也找不出誘拐犯等蛛絲馬跡，白火就這樣無法辨明原因的沉睡了整整一個月。

更不可解的是，當養父母來到醫院時，發現白火身上出現了「恢復正常的異狀」。她那宛如刺青般、位於手背的黑色圖樣像是被洗淨似的，不留一點痕跡。同樣的，無法用科學常理解釋的——白火那沒有影子的體質，她的腳下竟然出現了陰影。白火的影子回來了。

「對不起，讓你們擔心了。」白火大致上釐清來龍去脈後，乖巧的道了歉。

「身體沒事吧？不要逞強喔。」何君綺摸摸她如瀑的長髮，「回家好好睡一覺，之後再慢慢去想發生了什麼事吧。」

「謝謝。」白火看著自己的手背，「只是，或許……這是好事也不一定。」雖然失去行蹤的原因不明，也整整睡掉了一個月，但是這下就某方面而言，她終於成為夢寐以求的普通人了。

「這下妳可以上學了呢。」鄭昱也打算不再追究這不合常理的變化，一邊轉著方向盤，欣然接受的笑了，「還可以出去玩，妳不是一直很想去海邊嗎？下次一起去吧。」

「總是帶在身上的洋傘也可以收起來了呢。」

「這下晴天也可以叫妳跑腿了。還可以幫忙曬衣服。」

「哈哈，你們太急性子了啦。」白火笑了。沒有理由的，在她笑出聲的同時，心中某處竟然傳來類似想哭的鼻酸情感，她連忙甩甩頭，「啊，不過，我想學開車。」

「怎麼這麼突然？」

「我也不知道，只是覺得……如果不學的話，好像會有人很困擾的樣子。」

向來乖巧無欲、甚至習慣忍住心聲的白火竟然會主動提出自己想做的事情，父母都驚訝了一下，然而，這份轉變無疑是種喜悅，「想做什麼就去做吧。」

三人有一搭沒一搭的閒聊，白火當初甦醒時感受到的那種人神分離、彷彿她的身體與心神游離分裂的奇異感覺，隨著閒話家常，逐漸的消失無蹤。

這段時光格外珍貴。

回到家中後，正好太陽西下，白火凝視著沒入高樓後方的夕陽，天空燒得火紅。赤輪西墜，黃昏，雨點。

白火拿下掛在頸子上的青金石項鍊，寶石吸收夕陽的紅光，形成一種超過藍與紅，接近黑色的深灰紫色。

「怎麼了，不進門嗎？」何君綺見她像是呆頭鵝似的盯著天空不動，一時猜想該不會這孩子身體還是有哪不舒服。

「沒、沒事。」白火連忙搖搖頭，跟著進了家門。

明明只經過一個月，何況這一個月她都深陷睡眠中，白火卻差點遺忘了家中的擺設與格局，踏入家門的當下，記憶才湧現而上。

對了，她的房間在二樓。

「我說，白火啊，真的沒問題嗎？」

她大致整理一下房間，並準備把從醫院帶回來的換洗衣物拿去洗的時候，走到二樓房間門口的鄭昱如此問道。

「妳真的……沒問題嗎？」鄭昱正好和要踏出房門的她碰頭，又問了一次。

父親的神色比平時都來得嚴肅莊重，白火一時間錯愕，「怎、怎麼了嗎？」

「……不，沒什麼。」鄭昱欲言又止，數秒後搖搖頭，「沒事就好，好好休息。」

看著離去的父親背影，白火彷彿也被他的躊躇渲染般，停下手邊工作，反芻著胸口這股說不上來的複雜心境。

在那之後，白火試著走入人群，參加了插班考試，正式到學校就讀。

性格算是內向的她也在學校交到了朋友，體驗了夢寐以求的學園生活。對了，在這之前她也考到了駕照。

不知怎的，理應第一次接觸機車的她，光是碰觸到把手的瞬間，身體就自己動了起來，駕駛技術熟練的連父母都嚇得目瞪口呆；與駕輕就熟到幾乎可以閉著眼睛操作的機車相反，汽車駕照她則練習了好一番才成功通過考試。

這是段平凡幸福到讓人足以落淚的時光，然而心中卻有個不知名的窟窿，白火怎樣都無法填滿這股空虛。

她似乎……遺忘了相當重要的事情。

「白火，這個週末我們去海邊玩吧！」某天放學時，她的朋友突然如此提議。

與她並肩而行的友人知曉白火的年紀比同齡小夥伴大了幾歲，過去的身世也有些特殊，仍不以為意的主動向她示好。這點讓白火相當感激。

「好啊，走吧。」白火笑著同意，像是想到什麼接著說：「可是我沒有泳衣耶？」

「那不然現在去看看吧？」

反正回家順路，朋友帶著白火來到學校附近的百貨公司。進入泳衣專櫃後，根本不知該從何下手的白火呆若木雞的站在原地，任由友人把她當活體衣架子試衣。

比對了幾件後，友人把最適合她的泳衣塞了過去，「就這件吧。」

「不、不行！我不要！」白火看著塞過來的泳衣，當場放聲尖叫：「只有這個絕對不行！我辦不到！」

「說什麼鬼話，這可是萬年不敗款耶！」

「那才不是泳衣，根本只是兩塊布而已吧！」而且還是什麼也遮不住的布！

瞪著手上那好像叫做什麼黑色巴西比基尼的，根本和胸罩沒兩樣的東西，一股根深柢固的恐懼感從白火心中湧現上來。

不行，如果說老鼠將貓咪視為勢不兩立的仇家，那她的天敵一定就是這件泳衣。要穿這種鬼東西去沙灘，打沙灘排球還有曝光的危險性，說什麼她都不會再穿第二次。

……第二次？

「怎麼啦，白火？」

「沒、沒事。」白火甩掉腦中僅出現一秒的雜念，指了牆上的別件商品，「那這個怎麼樣？」

「妳沒事看潛水衣做什麼啦！」

除了達成到海灘戲水的長年願望外，白火有時候也會翻閱朋友塞過來的小說漫畫，或是討論電視劇的劇情。這些娛樂不用動腦，但也意外輕鬆有趣，對讀書讀到腦袋燒焦的他們而言是個小小的避暑天堂。

「這在演什麼啊？」何君綺有次晚上看到她抱著家裡的黑貓坐在沙發上，全神貫注的盯著電視劇，也跟著看了一下。

劇情相當簡單，家世顯赫的帥氣大少爺為了躲避老家的一連串相親炸彈，向平凡無奇、一無是處的女高中生提出偽裝情侶的故事。至於少爺和女高中生有沒有陰錯陽差喜歡上彼此，那又是另一段後話了。

「真的有這種狗血劇情嗎？」何君綺問。

「搞不好真的有。」白火遲鈍了一下，「不對，一定有。」天底下就是有這種拿無辜少女當擋箭牌，繼續遊戲人間的混蛋。

「妳為什麼這麼肯定呀？」

「我就是這麼覺得。」白火抱著自家養的黑貓，「對吧，小黑？」徵求同意似的對著貓咪說話。生性難以捉摸的黑貓當然沒打算搭理她，慵懶的叫了一聲。

白火抓住小黑的胳臂，直勾勾凝視著小黑的琥珀色瞳孔，「嗯，果然很漂亮。」她相當喜歡這蜂蜜色、不帶雜質的貓眼。

——小黑，你那神秘邪魅卻又溫柔的琥珀色瞳孔，就像是貓一樣。

——雖然你被取了貓咪的綽號，但我也相當喜歡你真正的名字，你的名字是……不對，你本來就是貓，我想什麼啊？

白火揉揉突然疼起來的太陽穴，不再多加思考。

★※★◎★※★

某次搭乘捷運時，正好是通勤尖峰時間，向來不擅長擠人群的白火和其他乘客一樣變成沙丁魚，擠在水洩不通的狹窄車廂裡。暈眩與悶熱感讓她感到不適，只能強忍下來。

這時，她感覺到身旁的男子伸手朝背對著的乘客包包裡一摸，接著拿出某個亮晶晶的東西朝背包一割，巧妙翻出內袋裡的錢包。那男子立刻將割破背包的小刀摺疊收起，從搶奪到收工之間，速度之快不過是一眨眼的事情。

「你做什麼？」白火也沒料到身體就這麼自然而然的行動了，直接抓住這位扒手的手腕，斂起眼神指責著現行犯。

她的性格明明和多數人一樣，只要不危害到自己，多半的事情都打算息事寧人。究竟是為什麼？

扒手絲毫沒料到會被逮個正著，臉孔扭曲，甩開白火的手開始竄逃。

「……站住！」

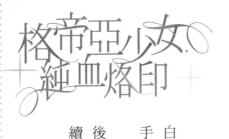

白火沒多想便追趕了上去，擁擠的車廂中，那位扒手靈巧的穿梭在人群中。眼看著犯人就要消失在人海之中，捷運列車正好到站，車廂內的乘客們一湧而出，白火索性也跳出車廂，「給我停下來……拜託了，請抓住那個人！」她下意識記住了扒手的衣服和大致樣貌，果然對方也打算乘著人海逃出車廂，但還是被她緊追不捨。

白火腳程飛快的衝刺起來，她從來不知曉自己竟然能跑得這麼快。在爬上高處樓梯後，人海之中的扒手快步奔跑，離她越來越遠，她索性從高處跳下來，抓準大概位置繼續追趕。

趕在要隱沒於廣大人海之前，白火一個跳躍，手臂扣住逃亡的扒手一吼：「給我站住！」然後用盡全身的力氣把扒手往道路旁邊甩去。身材嬌小的她就這樣騎坐在身材壯碩的男人身上，兩人扭打在一起，車站裡一片慌亂。

「放、放手！」扒手怎樣也沒猜到追過來的竟然是一位女高中生，嚇得一時間亂了手腳。

「才不放手！誰會放啊！」白火知道自己論力氣根本贏不過對方，便對著圍觀者大吼：「這個人是扒手現行犯，請快點報警！」

一個不留神，她壓制住男人的手臂被反彎了過來，白火發出一聲尖叫，掙脫的扒手從口袋裡拿出剛才行竊用的小刀，狗急跳牆之餘，竟然拿著刀子就朝白火的臉上刺了過去，「給、給我走開！」

白火抽了口氣，身體本能性的伏低下來，閃過尖銳的刀尖刺擊，勉強躲開的她和持刀衝刺的扒手擦身而過。

雪白色的火焰，白火深信著自己的掌心一定可以萌生出足以焚燒萬物的高溫火焰。

但是——沒有，什麼也沒出現。

她的掌心從來就不曾有熱度，手背的黑色刺青也沒有發出光芒——不，她早就失去了烙印。

白火彎過扒手側腰的瞬間，靈機一動，抬起手肘，用盡全力的往對方側腹部一拐。扒手發出一聲哀號橫倒在地，沒有放下戒心的白火連忙踩住對方手中的刀子，趁著扒手反應不及時把小刀踢到角落。同時間，保全和站務人員終於趕到現場，騷動平息。

白火這時才發察覺身上充滿刺痛，手臂和臉上傳來溼黏的熱度，那幾刀沒躲過。

「妳在做什麼啊！」一段時間後，接到警察通知的父母趕到現場，見她沒事後就開始大罵：「這種事情交給警察去做，我們不要插手，沒事逞什麼英雄！」

「可、可是——」

「沒有可是！回家了！」

「妳終究無法拯救全部的人。」

「遭受遺棄的，時空的孤兒。」

疼痛感遠遠超過白火身上的淺淺刀傷，她的腦袋像是被鈍器重擊似的，傳出又沉又痛的哀鳴。

那瞬間她確實聽到了，無論如何都無法拯救所有人——責備著她的聲音。那道聲音既惆悵，又脆弱的彷彿一觸碰就會凋零的花瓣。

即使如此她還是不打算放棄，照理而言沒學過任何防身術的身體就自己動了起來。

白火不敢置信的瞪著自己的掌心，她的反擊動作之流暢，根本不像是普通人該有的技巧。

「為什麼要這麼衝動？」回到家後，好不容易冷靜下來，鄭昱又追問了一次：「我知道妳很善良，但是正義感不是用在這種地方上的，要是今天妳沒躲過那刀，妳有想過會發生什麼事嗎？」

「……對不起。」白火又道了一次歉，臉色苦澀的糾結在一起，「只是……我不知道為什麼。」

眼淚模糊了雙眼，她也不懂自己為什麼會感到想哭，只是又說了一次：「我真的……不知道，我到底是……」

父母若有所思的看著這樣的她，順了順她的背，將她擁入懷裡。

這天晚上，白火做夢了。

正確而言，是自從她重拾影子以來，都會做的斷斷續續的零碎夢境，然而每當她甦醒時，夢境的片段登時無影無蹤，她只能陷入一片黯然。

然而這天晚上，白火確實清楚的看見了自己的夢境。

夢境裡，她抱著某個青年，和他一起墜落數百公尺的高樓。他們的終點，就是底下那片深藍無際的大海。

「請連同我的分一起活下去。」

失重的恐懼感之中，白火抬頭凝視著那位青年的臉龐，白金色的髮絲、赤紅如血的瞳孔，以及讓人心碎落淚的憂傷笑容。

而後，青年不見了，脖子傳來的青金色光芒帶走了她的視野。寄宿著千萬星辰的浩瀚藍色光芒，將她帶往了別的世界。

在另一個世界裡，她遇見了小黑——不是家裡的黑貓，而是一位有著貓咪眼瞳般的紅髮青年。

小黑帶著滿溢慈悲的溫柔笑容，搭上她的肩膀，好似替離鄉的孩子送行似的，將她推了出去。

「您一定沒問題的，我的小姐。」

青金色的世界再度翻轉，這次白火來到了黃昏與細雨交織的奇妙街道上。有別於前兩次的人影，這次她相當清楚，究竟是哪個人在霧雨交疊的橙色道路上等待著她。

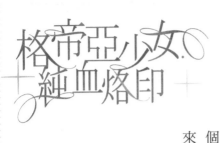

傍晚的雨點落在兩人身上，有點類似潮溼的霧氣，白火在灰雨濛濛之中看見了「那個人」。她呼喚著「那個人」，但卻像是被奪走聲帶似的發不出任何聲音——她想不起來那個人的名字。

無法呼喚出名字的那個人望了她一眼，而後轉過身子，消失在黃昏街道的彼端。

白火開始奔跑。

「等等，不要走啊！不要丟下我一個人！」她哭著大喊。

為了追尋這虛實之間的幻影，只為了追上那個她不記得名字的人，她不斷的奔跑。

——求求你，不要離開，不要丟下我一個人。

「我不想忘記你啊，不要走！不要離開我……」

「——不要，離開我……」

白火猛地睜開雙眼，淚水模糊一片，沾溼了枕頭。

她無意識抬高的手騰在空中，立即被另一隻手握住——她的父母都待在床邊，眉頭深鎖的看著從夢中驚醒的她。

白火坐起來，接過母親遞來的水，小啜了幾口。冷汗浸溼全身的緣故，被扒手割傷的臉頰和手臂傳來刺痛感，她當下完全回神了。

「我一定……忘了很重要的事情。」她忍下胃液翻攪的作嘔感，再也無法視而不見的騷動使她身體發冷，她發顫的握住父母的手，「只是我怎樣也……想不起來啊……」

「……白火，妳想回去嗎？」

她以為自己聽錯了，「什麼？」

「無論如何，妳都想回去嗎？」鄭昱又慎重的問了一次。

白火不太懂他的意思，她求助的望向母親，何君綺什麼也沒說，只是靜靜的離開了房間。

數分鐘後，何君綺拿了某個類似於文件夾的東西回來。

「白火，其實我們有件事情一直沒有告訴妳。」何君綺小心翼翼的打開文件夾，取出裡面的東西交給白火，「在妳失蹤被尋獲時，妳的身上帶著這個。」

這是潘朵拉的盒子，一旦查明手上的東西，就再也無法回頭了——白火膽怯的接過母親遞來的東西，鼓起勇氣，定睛一看。

那是兩張照片。

一張是有著年幼的她的「家庭合照」，另一張則是有著許多同伴的、充滿歡笑與喜悅的合影。

照片中的每一道身影、每一張臉孔，正把她沉入湖泊底部的記憶攪湧而上。

「還有這個。」

鄭昱拿出了另一份文件，是摺疊成細小狀態的信紙，白火心急的抽過來閱讀。

公元三千年。吞噬影子的烙印力量。時空裂縫。災厄。

擁有時空之力的，寄宿星辰的青色寶石。

她只簡單的抓出這幾個重點，她奔騰如風的心緒只有辦法捕捉這幾個字。這流暢而優美端正的字體，她從小就記在心底，這是——諾瓦爾的字跡。

成千上萬的記憶自她的腦中炸裂而開。

回憶化為綴滿於海面上的燈火，絢麗得幾乎要盲了白火的雙目。

不堪負荷的白火差點當場暈眩過去，但是不可以。飛逝過眼前的每一抹人影、每一道聲音，都愛憐可貴的讓她落下眼淚。

最後是——「那個人」。

隻身一人佇立在黃昏山丘的他。

「我想要……回去。」

白火握緊手中的兩張合照，眼淚不受控制的接連落了下來，下了一場豆大的雨。

「這裡是我的歸屬，有我的家人，但是……我果然還是……想要回去啊啊啊……」

——對不起，你們明明贈與了我最為平凡，也是希求多年的幸福。

——但是無論如何，我終究無法忘記那些昔日時光。

——我不想忘記你。

何君綺心疼的將崩潰號哭的白火擁入懷裡，持續了好久好久。待白火終於緩和情緒後，她才低聲問道：「妳願意告訴我們……妳在那裡遇到了些什麼事嗎？」

「你們願意……相信我嗎？」

「嗯，我們想要知道。」父母都笑了，抹去她眼角的淚水，「我們都願意相信自己的孩子。」

抽抽噎噎的，白火開始娓娓道來她在未來世界的種種事蹟。

悲傷、喜悅、絕望。

蠻橫無理的悲劇、慈悲以及寬恕。

在她喚醒記憶的洪流時，那些險些褪去的回憶竟是鮮明的宛若昨日時光。

聲音變得乾渴細啞，有好幾次無法自拔的哭了出來，但白火仍不歇息的繼續訴說，她有責任讓父母知情自己的所有過往。

白火暗自祈求著，當她將難能可貴的記憶片段轉述給父母聽時，她的聲音一定也能傳遞到冰冷的深海裡——這樣，白夜就不會孤單了。

「我很高興能來到這裡，遇見了爸爸媽媽，認識了許多朋友，體會到了夢寐以求的幸福……和血緣及身世無關，你們就是我的家人。可是，對不起。」

——我有屬於自己的另一個歸屬。我有想去的地方。

「我還是想回去……我是不是很傻？」

何君綺聽見她的話，溫柔的撫摸她的頭，將她的臉貼近自己的胸口。

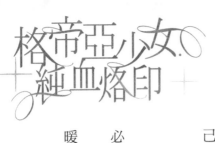

「妳永遠都是我們的孩子。雛鳥長大了，總該離巢的。」她像徵求同意似的對著自己的丈夫笑了笑，「對吧？」

鄭昱也失聲笑了出來，無可奈何的說了句：「還能怎麼辦呢？」

「你們……會願意原諒這樣的我嗎？」

「哪有什麼原諒不原諒的。」鄭昱從來就沒有怪罪自己的女兒，自然也沒有寬恕的必要。

白火感受到一股溫暖，母親懷抱著她，而父親張開雙臂擁住母親的肩膀，心靈湧上暖流，這股溫柔到落淚的熱度無關血緣，確實將他們三人聯繫在一起。

「我說，白火啊。」

「是？」

「去吧。」

白火耳邊傳來溫婉卻堅定的話語，何君綺拍拍她的肩膀，對她勾勒出笑容。

「去吧，不要後悔。」

白火脖子上的青金石洋溢著前所未見的強烈光芒，熱度逐漸攀升。

理解到這個事實，她慌亂的扯下脖子上的青金石項鍊——白隼與沙利文贈與她的最後一個禮物。

「我會……寫信的。」

白火強忍著淚水，四周風聲呼嘯的緣故，她對著父母大喊——

「雖然不知道有什麼方法能寄給你們……但是一定沒問題的，我會一直寫下去，把信送過來給你們！」

「嗯，總有一天要寄過來喔。」

青金石的光芒猶似破開水壩的洪水，傾洩流出。

白隼曾說過，青金石擁有僅有一次創造出時空裂縫的力量。

——若真是如此，請帶我前往我所期盼的未來吧。

白火將璀璨寶石捧在手心裡，任由寶石造成的風壓吹亂髮絲。

她看見房間內逕自劃出一道深紫色的裂縫。總是恐懼這個黑洞的她，這是有史以來第一次因這道深淵的出現而感到欣喜。

「……再見了。」淚水滑落白火的臉頰，她對著父母綻放出最堅定的笑容。

青金石開啟時空裂縫的下一瞬間，數以千計的光點粒子彷彿磁石般吸附上白火的雙腳、胸口、肩膀、五官。

一陣風拂掠而來，將她的身形吹起波盪，白火仰天一望，光芒粒子宛如紛飛的雪花般襲捲而上，隨著風向扶搖而飛舞，化作無翼的鳥兒，消失在天際。

光芒消散後，再也不見白火的蹤影。

★※★◎★※★

休假之餘，難得起了興頭的百里醫生開始打掃辦公室。

雖說患者的病歷表都用電腦數據管理，但不擅長這種高科技的她還是喜歡紙本。她解開密碼鎖，翻了翻櫃子裡的幾疊文件，抽出其中一份端詳。

她的得意門生安赫爾恰巧走了進來，罕見的連敲門也沒有，看來是特殊狀況。

「老師，您動了手腳對吧？」安赫爾踏入門後第一句話就是這個。

「你在說哪件事？人老了不中用，活到這把歲數了，記憶力總有些吃緊呀。」百里瞧也不瞧他一眼，並做了件一點也不像是打掃的舉動。

她用打火機點了一把火，把手上的病例當場燒了。

安赫爾不以為意的看著自家老師的荒唐舉動，盯著數秒之內燃燒個精光的病歷表，文件上白火的照片在一眨眼內被燒成灰。

他又瞅了眼百里桌上的辦公電腦，他家老師一向不擅長高科技電子產品，可能早就不小心手滑把記錄檔全刪了吧，真是節哀順變。

「也好，反正換作我的話，一樣也會這麼做就是了。」安赫爾兩袖清風的聳聳肩。

「這樣啊。」

「您看來一點也不驚訝呢。」

「學生會動何等的歪腦筋，為師的怎麼會不清楚？何況你早就做了吧，和咱一樣是共犯。」

這對師生互看了彼此一眼，露出絕不像是成熟大人該有的幼稚神情，得逞似的相視而笑。

「真是枉費我們的一番用心良苦。」

★※★◎★※★

隨著參與黃昏災厄的相關人士遭受審判與清算，關聯人士的家屬們的安置也衍生出大問題。

黃昏災厄之後，暮雨說服了父親，讓無辜的親屬們——包括白隼與沙利文的孩子，也就是年幼的白火和諾瓦爾——能不受外界干擾，脫離世俗眼光繼續生活下去。

由於阻止世界災難有功，局長安赫爾和科長暮雨立下了功勞，布瑟斯家族原本就相當顯赫的聲勢更是名聲大漲。家主為此大喜，答應暮雨的要求，設立了私人收留所。不過相對條件就是這些收留孤兒的支出將來必須符合投資報酬率才行。父親話說得含糊，果然是徹頭徹尾的商人。

相較於其他孤兒，白隼夫婦的兩個孩子——小白火與小諾瓦爾定位最為特殊，於是布瑟斯本家將他們安置在暮雨從小居住的海邊別墅裡。布瑟斯本家與暮雨約定會負責孩子們的生活起居，等到他們獨立自主時，再由他們自己判斷今後的未來該如何走下去。

畢竟孩子是無辜的，暮雨相當感激父親願意收留這些無處可去的孩子們。

「暮雨叔叔——！」

「不要亂叫，是哥哥。」認為自己還相當年輕的暮雨面不改色的糾正。

暮雨有時會趁著休假回到別墅探望孩子們，渾身散發出生人勿近氣質的他，如今竟然會任由小孩攀附在他的大腿上，可真謂世事難料。

小白火時值好奇心旺盛的年紀，活動量驚人，不擅長應付小鬼的暮雨每次都想當場逃亡。不過比起和父母分離後的悲傷，有精神總是好事。

小白火也時常詢問爸爸媽媽什麼時候歸來，暮雨無法回答，這時候小諾瓦爾就會安撫她說：「就快了，總有一天一定能見面的。」嘴巴上沒說出口，但暮雨相當感激這位可靠的小小管家。

今後的未來會如何呢？誰也無法斷定。

暮雨暗自盤算，再過幾年，等到兩個孩子長大後，就減少探望的次數吧，這樣對彼此都好。若是可以的話，他希望孩子們能度過與時空悖論毫無干係的人生。

「這次，不要再放開彼此的手了。」離開別墅前，暮雨彎下腰拍拍小諾瓦爾的頭。

「謝謝您。」小諾瓦爾突然說道。

他那琥珀色的眼瞳，似乎察覺到某些事情的真相。

「真的……由衷的感謝您。」

小諾瓦爾向他深深行禮，對暮雨露出打從心底的坦率笑容。

離開別墅後，難得的假日一時間也無處可去，暮雨在回程中瀏覽著車窗外的景色飛逝。黃昏時分，最近天氣晴朗，夕陽也特別豔麗火紅。

因此當暮雨回過神時，他又獨自來到空曠寂寥的山丘草原上。

明明記憶已經恢復了好一段時間，他仍改不了佇立在黃昏山丘的習慣。

也罷，暮雨心想，或許這個習慣會跟著他一輩子。

暮雨靜悄悄的俯視著山丘下燒灼火紅一片的景色，任憑涼風吹亂髮絲。站立了良久後，打算離去的他終於發現了某個不同之處。

今日的晚霞天空刺眼的讓人聯想到極光。

眼前的天空，明亮得令他差點瞇起雙眼。

在了解到這點時，他的雙腳已經開始奔跑，為的就是追逐那道天邊的光芒。

一面望著夕色蒼穹中勾劃出的銀色細線，好似橫飛過天際的鳥翼軌跡，暮雨無法自拔的邁開雙腳，追尋著那道天空上的光芒。

宛如寄託著無垠宇宙的，青金色的光芒。

然後他看見了——

朱紅天空開啟了一道裂縫，光芒湧現而出，只不過那並非是讓人心生絕望的深紫色深淵，而是夾帶著青色光芒的——溫暖的柔光粒子。

占據他心底的人影就從這團餘暉柔光之中，冉冉顯露出身姿，降臨在他眼前。

人影像是搭乘著引力般，輕巧的飄浮在半空中，黑色長髮與衣袖彷彿極光的波折般隨風搖曳。

隨著割裂天空的裂縫再次癒合，人影降落到地面上，山丘草原映照出了她的身影。

「嘿嘿，我不小心回來了……有嚇到你嗎？」

人影的雙手放在身後，掩飾尷尬的笑著歪歪頭。

千言萬語全梗在咽喉，暮雨一時間說不出任何話來。

兩人被夕陽染色的頭髮隨風搖曳，有點像是火紅揚舞的柳絮。

人影脖子上的青金石失去了效力，變成失去光澤的灰紫色，再也折射不出光芒。

「我得到了影子，回到了原本的歸屬，像普通人一樣走在街道上，像普通人一樣活著，有家人，有朋友……我得到了夢寐以求的生活。」

「……」

「但是，無論再怎麼幸福……那裡卻沒有你。」

白火試圖微笑，撲簌簌掉下來的眼淚卻讓她垮了臉，她顫抖著身子。

「所以、不要再跟我說再見了……」

暮雨看著這樣的她，想追問的話語多到難以抉擇，最後傷腦筋的笑了出來。

真是枉費我們的一番用心良苦──他說出和兄長如出一轍的無奈話語。

他的笑容在白火的視線裡早就矇矓的好比水光倒影，虛幻而美麗。白火粗暴的揉著滿是淚水的眼睛，像個無助的孩子般囁嚅：「我已經不是沒有影子的白火了……沒有力量，派不上任何用場，笨手笨腳的，一定會給你添麻煩……你會討厭這樣的我嗎？」

「白火。」

「是？」

「我喜歡妳。」

直到現在終於能說出口了。
看著怔忡在原地的白火，暮雨漾起春暖般的微笑，褪去至今為止的所有冰冷。
「之前離別時，我想告訴妳的話，就是這個。」
暮雨將她擁入懷裡，當作是回答。
朱紅色雲霞舞動，涼風吹拂過兩人佇立的夕陽山丘。

《格帝亞的烙印～純血少女06重拾影子的孩子》完

《格帝亞的烙印～純血少女》全套六集完結，全國各大書店、網路書店、租書店，強力熱賣中！

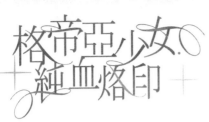

焓淇 著
梓攸 繪
回春冤家 卷二
美人美人我要你
陳國皇宮之粉色秘辛說給你聽！
娘親變成十六歲的小姑娘，
兒子說要把她 娶回家……
皇帝\(ˋ▽ˊ)/ 世上只有母后好！
長公主(ˊ▽ˋ)/ 皇弟呀，父皇站在你身後呢～
01-02集，全國各大書店、租書店、網路書店現正熱賣中！
典藏閣
華文聯合出版平台 www.book4u.com.tw
采舍國際 www.silkbook.com
不思議工作室
立即搜尋
版權所有© Copyright 2017

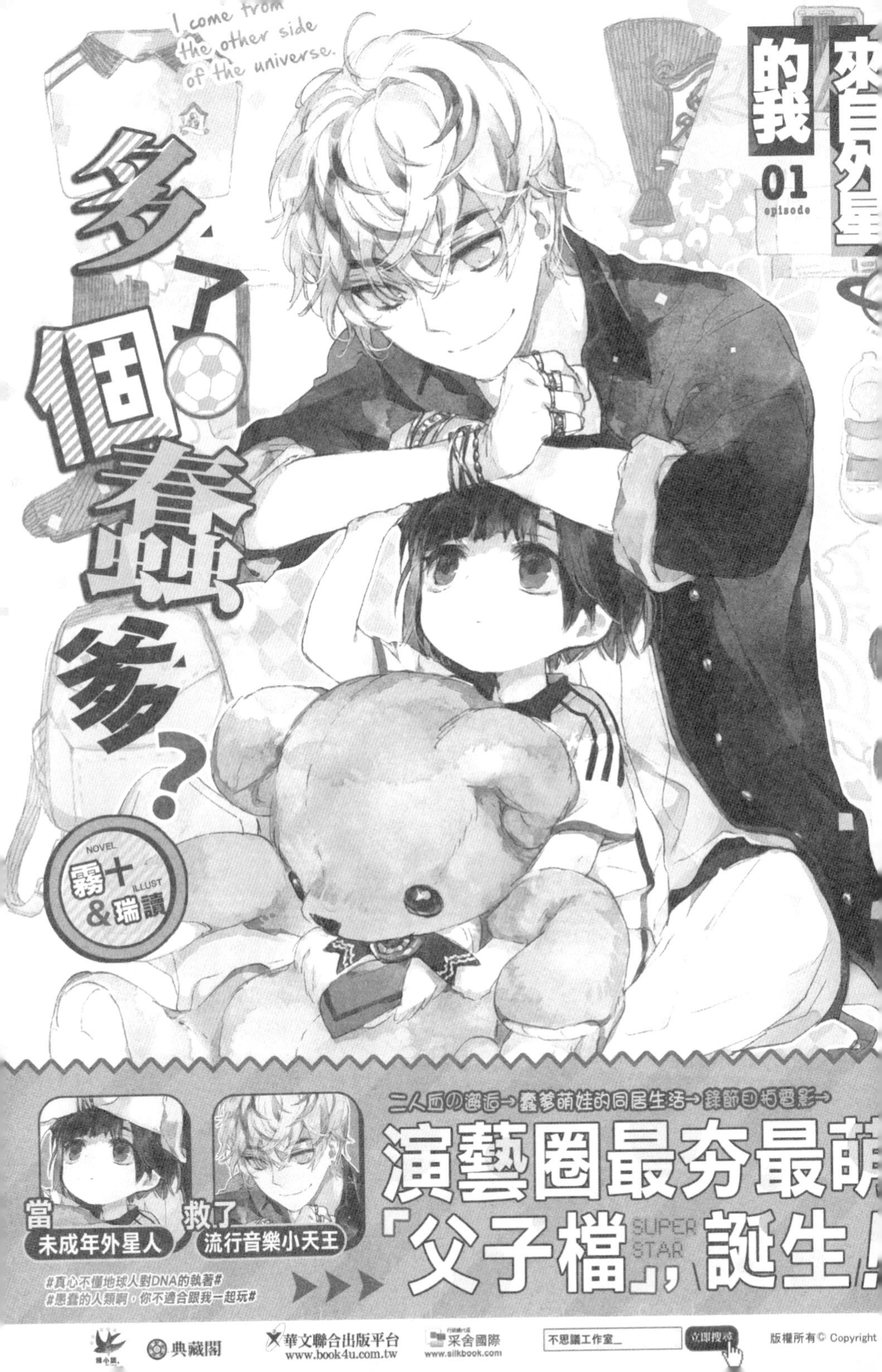
I come from the other side of the universe.
來自外星
的義
01
episode
多了個蠢爹?
NOVEL
霧十
ILLUST
&瑞讀
二人匹の邂逅→蠢爹萌娃的同居生活→鋒節日拍電影→
演藝圈最夯最萌
「父子檔」，誕生!
SUPER STAR
當
未成年外星人
救了
流行音樂小天王
#真心不懂地球人對DNA的執著#
#愚蠢的人類啊，你不適合跟我一起玩#
典藏閣
華文聯合出版平台
www.book4u.com.tw
采舍國際
www.silkbook.com
不思議工作室_
立即搜尋
版權所有© Copyright

飛小說系列 167

格帝亞少女～純血烙印 06（完）

重拾影子的孩子

飛小說。We Love EasyBy.

出版者■典藏閣
作　者■響生　　繪　者■高橋麵包
美術設計■Aloya
總編輯■歐綾纖
製作團隊■不思議工作室
郵撥帳號■50017206 采舍國際有限公司（郵撥購買，請另付一成郵資）
台灣出版中心■新北市中和區中山路 2 段 366 巷 10 號 10 樓
電　話■(02) 2248-7896　傳　真■(02) 2248-7758
物流中心■新北市中和區中山路 2 段 366 巷 10 號 3 樓
電　話■(02) 8245-8786　傳　真■(02) 8245-8718
ISBN■978-986-271-795-0
出版日期■2017 年 10 月

全球華文國際市場總代理／采舍國際
地　址■新北市中和區中山路 2 段 366 巷 10 號 3 樓
電　話■(02) 8245-8786　傳　真■(02) 8245-8718

新絲路網路書店
地　址■新北市中和區中山路 2 段 366 巷 10 號 10 樓
網　址■www.silkbook.com
電　話■(02) 8245-9896
傳　真■(02) 8245-8819

☞您在什麼地方購買本書？☜

1.便利商店（______市／縣）：☐7-11　☐全家　☐萊爾富　☐其他____________

2.網路書店：☐新絲路　☐博客來　☐金石堂　☐其他________

3.書店（______市／縣）：☐金石堂　☐蛙蛙書店　☐安利美特animate　☐其他____

姓名：________地址：________________________________

聯絡電話：________電子郵箱：______________________________

您的性別：☐男　☐女　　　您的生日：________年________月________日

（請務必填妥基本資料，以利贈品寄送）

您的職業：☐上班族　☐學生　☐服務業　☐軍警公教　☐資訊業　☐娛樂相關產業

☐自由業　☐其他__________

您的學歷：☐高中（含高中以下）　☐專科、大學　☐研究所以上

☞購買前☜

您從何處得知本書：☐逛書店　☐網路廣告（網站：__________）　☐親友介紹

（可複選）　☐出版書訊　☐銷售人員推薦　☐其他______________

本書吸引您的原因：☐書名很好　☐封面精美　☐書腰文字　☐封底文字　☐欣賞作家

（可複選）　☐喜歡畫家　☐價格合理　☐題材有趣　☐廣告印象深刻

☐其他______________

☞購買後☜

您滿意的部份：☐書名　☐封面　☐故事內容　☐版面編排　☐價格　☐贈品

（可複選）　☐其他

不滿意的部份：☐書名　☐封面　☐故事內容　☐版面編排　☐價格　☐贈品

（可複選）　☐其他

您對本書以及典藏閣的建議________________________________

____

____

✌未來您是否願意收到相關書訊？☐是　☐否

感謝您寶貴的意見

印刷品

$3.5
請貼
3.5元
郵票
不思議信箱
FUSIGI POST

235 新北市中和區中山路二段366巷10號10樓

華文網出版集團　收

（典藏閣－不思議工作室）

格帝亞少女 純血烙印

Goetia

06
END